세
노
테
다
이
빙

2023 한경신춘문예 당선작

# 세
# 노
# 테
# 다
# 이
# 빙

노은지 장편소설

마시멜로

차례

체노베 다이빙

죽은 남자

눈을 감으면 죽어버린 연인의 눈이 떠올랐다.

감았던 눈을 천천히 뜨자 머리가 아플 만큼 밝은 칸쿤의 햇빛이 택시 창문을 뚫고 쏟아졌다. 농도 짙은 카나리아 빛깔의 햇살, 새파란 하늘, 가장자리가 은색으로 빛나는 구름 뭉치, 하늘로 손을 쫙 펼친 채 길을 따라 나란히 서 있는 푸르른 야자수들과 키 작은 관목들. 대기에 스며 있는 물기는 세상의 채도를 높여주었지만, 그를 바라보는 현조의 눈은 흐린 회색이었다.

연회색 벽돌로 쌓아 올린 스칼렛 리조트의 고급스러운 입구에 내린 현조는 체크인을 하기 위해 프런트 데스크로 다가갔다. 한국인보다 남미인과 멕시코 현지인 커플, 가족 여행객들에게 인기가 많은 리조트였기 때문에 혼자 커다란 캐리어를 내리는 동양인 여자에게 리셉션 근처 직원들과 투숙객들의 시선이 적어도 한 번씩은 머물렀다.

택시에서 내리는 모습을 쭉 지켜보던 한 직원이 벨보이에게

**6**

짐을 넘기는 현조에게 다가왔다. 풍성한 검은 머리를 땋아 군데 군데 붉은 꽃을 꽂고 한쪽 어깨 앞으로 걸친, 키는 작지만 단단한 어깨 덕에 건강해 보이는, 그리고 명랑함이 풍기는 서글서글한 인상의 여자. 그녀는 자신을 글로리아 후아레즈라고 소개했다. 글로리아는 현조에게 여권을 건네받아 리조트의 예약 정보와 비 교하며 현조가 한국, 서울에서 온 서른두 살의 신혼여행객이라 는 것을 확인했다. 체크인용 서류에 사인할 곳을 현조에게 알려 준 뒤 글로리아는 생글생글 웃으며 현조에게 결혼을 축하한다며 신혼여행을 왔느냐고 물었고, 현조가 대답을 머뭇거리는 사이 함께 예약한 도훈의 행방을 추가로 물었다. 현조는 망설임 없이 답할 수 있었다.

"He's dead."

현조는 그 한마디면 충분하리라 믿었다.

# 1

싫은 남자,

맹그로브 숲,

수영장

깨끗한 흰 벽과 상아색 대리석 바닥. 에메랄드와 진홍색, 세련된 나뭇잎 패턴의 포인트 벽지. 두 사람의 것이 될 뻔했으나 한 명으로만 채워진 화사하고 화려한 스위트룸. 현조는 방 열쇠와 숄더백을 소파 위에 던져두고 테라스를 가리기 위해 커튼을 친 뒤 침대로 기어 올라갔다. 방 불을 죄다 꺼버리자 멕시코의 진한 햇살이 비치는 두꺼운 커튼 아랫부분만이 방 안에서 어둠이 차지하지 못한 유일한 곳이 되었다. 현조는 광활하게 느껴지는 킹 사이즈 침대 위에서 새우처럼 몸을 오그렸다. 딱 오늘 하루만, 완전한 어둠 속에 있으리라 다짐했고, 커튼 아래의 햇빛을 등진 채 조금 울었다.

곧 들려온 문 두드리는 소리에 일어난 현조가 문을 열자 캐리어를 가져온 벨보이가 문 앞에 서 있었다. 그는 방 안으로 캐리어를 밀어 넣으면서 우느라 붉어진 현조의 얼굴을 흘끗거렸다. 팁을 받고서도 한참 문 앞에서 얼쩡대던 그는 현조가 묻지도 않았는데 '기분 전환을 하고 싶다면 데킬라나 위스키를 주문할 수 있으니 전화로 001번만 눌러라. 내가 가져다주겠다', '오늘은 날씨가 좋으니 창문을 열고 목욕을 하거나 인피니티 풀에서 맥주를 마시며 칸쿤의 자랑인 카리브해를 구경해라. 그럼 기분이 좀 나아질지도 모른다' 따위의 말을 읊었다. 현조는 '만일 혼자서 심심하면…' 하고 운을 떼는 그를 쫓아내듯 방에서 내보냈다. 때마침 옆방에 체크인하는 한 커플이 눈에 띄었다. 두 사람은 현조를 보고 가볍게 인사하며 웃었다. 그들에게 어색한 웃음으로 답한 뒤, 현조는 방 안으로 돌아왔다. 캐리어를 침대 가까이 끌어오자 안에서 작게 울리는 진동 소리가 들렸다. 현조는 마지못해 휴대폰을 꺼냈다. 호텔 와이파이가 연결되자 밀려드는 메시지에 전화가 연이어 울렸다. 현조는 망설이다가 휴대폰을 들고 커튼을 젖혀 테라스로 나갔다. 옆방에선 여자의 웃음소리가 끊임없이 들려왔다. 현조는 테라스에 놓인 대리석 자쿠지에 기대앉아 메시지 창을 열었다.

아무 생각 말고 푹 쉬고 와라. 다 털고, 정리하고 와라. 맛있는 거 많이 먹고 재미있게 보내라. 새로운 남자라도 만나보아라 등등….

엄마가 따로 보내준 메시지와 지인들의 메시지를 훑은 현조는 가족들 모두 있는 단체 카카오톡 창을 열었다. 칸쿤 공항에 잘 도착했다는 메시지를 보낸 지 이미 한 시간이 넘었고 메시지 앞의 숫자는 모두 사라져 있었으나 단 하나의 답장도 없었다. 그리고 도훈과 마지막으로 주고받은 대화 창이 보였다. 현조는 의도적으로 눈을 돌리고 싶었지만, 그럴수록 시선과 손가락은 제멋대로 대화 창으로 향했다. 물론 그에게서 새 메시지는 없었다. 현조는 왼쪽 손목을 들어 시계를 보았다. 오전 4시 30분. 현조의 손목과 사이즈가 맞지 않아 손목뼈 아래에 헐겁게 걸쳐진, 유리에 살짝 금이 간 낡은 시계는 앞서가는 한국의 시간을 가리키고 있었다. 현조는 침대 위에 누워 손목을 귀 옆에 갖다 댔다. 시곗바늘이 움직이는 규칙적인 소리를 듣고 있자니 14시간을 거슬러 과거로 온 기분이 들었다. 현조는 휴대폰을 침대 옆으로 던져버렸다. 눈을 감으니 방금 본 메시지들의 잔상이 시곗바늘의 째깍거리는 소리와 함께 눈앞을 흐르며 지나갔다.

깜빡 잠이 들었다 깨자 커튼 아래의 진한 햇살들은 어느새 부드러운 달빛으로 바뀌어 있었다. 졸음을 떨치지 못한 채 현조는 누운 몸을 일으켜 앉았다. 순간 자신이 있는 곳이 어딘지 몰라 당황했지만, 현실 감각은 금세 하나하나 되돌아왔다. 곧 무엇이라도 해야 한다는 생각이 들었다. 현조는 머리맡의 조명을 켜고 프런트에서 받아온 액티비티 안내문을 펼쳤다. 스칼렛 리조트에서 제공하는 다양한 액티비티를 보던 그녀는 그중 몇 개에 동그라미를 쳤다. 그리고 프런트에 전화를 걸어 다음 날에는 자연 워터파크인 셀하 체험을, 그다음 날엔 마야 유적지인 치첸이사 방문을 예약했다. 그 이후엔 리조트를 옮길 테니 나머지 일정은 그때 가서 생각하기로 했다. 비행기에서 내리 잠을 잤고 방금까지도 선잠을 잤지만, 그녀는 몹시 졸렸다. 뜬눈으로 밤을 지새운 지난 며칠, 몇 주, 혹은 몇 달에 대한 답처럼 잠이 밀려오는 것 같았다. 꿈 한 자락도 없는 깊은 잠이 도훈의 마지막을, 수백 번 되뇌어 잊기 힘든 그 순간을, 관자놀이에서 머리 위까지 찢어져 피가 흐르는 상처와 생기가 사라져 텅 비어버린 한때 아름답게 빛났던 그의 두 눈을, 그 모습을 희미하게라도 지워주길 바라며 현조는 다시 눈을 감았다.

현조는 일단 수영복을 집어 들었다. 과연 물에 뛰어들 기분일지 의문이었지만, 리조트에서 제공하는 백에 수영복과 선크림, 선글라스 따위를 대충 챙겨 넣고 아침 일찍 리조트 프런트로 나갔다. 현조는 알록달록한 새들이 야자나무에 앉아 지저귀는 소리를 들으며 리조트를 따라 흐르는 유수풀 옆을 걸었다. 프런트 근처에 〈Xcaret Xel-Há〉라고 크게 적힌 팻말을 든 남자가 보였다. 현조는 바로 버스를 타는 대신 프런트에서 제공하는 커피를 한 잔 받아 마셨다. 팻말을 든 남자가 우렁찬 목소리로 버스에 타라고 외치는 걸 듣자마자 허기가 느껴졌다. 어째서 이런 기분과 감정 속에서도 인간의 몸은 설계된 대로 움직이는 것인지. 현조는 쿠키와 크루아상을 집어 들고 커다란 관광버스에 올라탔다.
얼마간 고요히 달리던 버스에 투어 가이드가 등장했다. 180센티미터는 훌쩍 넘어 보이는 키에 떡 벌어진 어깨, 두꺼운 가슴팍에 덩치가 몹시 커 손에 쥔 마이크가 어린이용 사이즈로 제작된 것처럼 보였다. 그는 자신의 이름—하비에르 코르테즈—과 직업—스칼렛 호텔 제공 액티비티 투어 가이드—을 소개한 뒤, 그날의 일정에 대해 십오 분가량 설명했다. 그를 보고 있자니 현조는 버스 앞쪽이 꽉 찬 것만 같아 답답했다. 마이크를 쥐고 버스의 맨 앞에 선 가이드, 관광객들과의 농담 따먹기와 와자한 분위기 따위는 한국의 관광버스와 크게 다를 바 없었다. 하비에르의 영어는 스페인어 억양이 심하게 섞여 있어서 그의 말을 알아듣는 것이 꽤 어려웠다. 현조는 미간을 찌푸려 가며 하비에르의 말에 집중하려 했지만, 번번이 실패했다. 농담과 함께 움직이는 두껍고 진한 검은 눈썹, 짙은 쌍꺼풀과 깊게 꺼진 눈, 두드러진 광대와 커다란 입에 자꾸만 시선이 갔기 때문이었다. 불쾌감을 주지만 어쩐지 자꾸만 쳐다보게 되는 그런 깊은 인상의 남자. 넓은 어깨나 커다란 덩치는 도훈과 비슷하지만 인상은 꽤 판이한 남자. 이윽고 눈이 마주치자, 갑자기 하비에르는 불쑥 얼굴을 들이대며 물었다. 여전히 마이크는 입 앞에 댄 채.

"아가씨는 어디에서 왔죠? 아, 꼬레아. 북쪽 아니면 남쪽? 그렇군. 이름은? 현조? 신현조. 아하. 혼자 왔나요? 정말? 칸쿤에? 솔직히 말해 봐요. 남편을 숙소에 두고 온 것 아닌가요? 첫날밤이 불만족스러워 카리브해에 던져 버리고 새 남편감을 찾는 건가요? 칸쿤엔 근사한 남자가 많죠. 나는 어때요?"

말이 끝날 무렵 하비에르는 또 눈썹을 들썩이며 현조에게 윙

크했고, 그 모습을 본 버스 안 관광객들 몇몇이 낄낄거렸다. 현조는 굳은 얼굴을 하고 하비에르를 노려보았지만, 뻔뻔하게도 그녀의 표정을 무시했다. 그가 또 한 번 남편을 어쨌느냐고 묻자, 현조는 그 말을 하고야 말았다.

"그는 죽었어. 결혼식 일주일 전에."

하비에르의 능글대던 미소가 일순간 일그러졌다. 버스 안에는 잠깐 적막이 흘렀지만, 곧 여기저기서 소곤거리는 목소리들이 들려왔다. 당황한 표정으로 잠깐 현조의 눈치를 살피던 하비에르는 "농담 한번 살벌하시네" 하고는 모르는 척 시선을 돌렸다. 그리고는 뒤편의 승객들에게 어느 나라에서 왔는지 물어가며 대화를 주고받았다.

어느새 버스는 셀하의 입구로 보이는 곳에 들어서고 있었다. 현조는 버스의 커튼을 열어젖혔다. 뜨거운 햇빛이 넓은 창으로 사정없이 쏟아져 들어왔다. 현조는 태양을 똑바로 바라보았다. 눈이 멀고 생각도 멀어버리길 바라며. 그러나 그새 유카탄 반도의 열정적인 빛에 적응해버린 현조는 벌레를 쫓듯 머리를 털었다. 그리고는 하비에르의 지시에 따라 버스에서 내려 셀하로 향했다.

기념품 판매소와 입구를 지나자 돌고래 체험 수영장이 제일 먼저 나타났다. 돌고래 한 마리가 좁은 사각형 수영장을 돌아다니고 있었다. 콜롬비아에서 여행을 온 일가족이 신기한 듯 창살에 매달려 돌고래를 가리키며 대화를 나누었다. 현조는 돌고래를 빠르게 지나쳤다. 숨이 막히는 기분이었다. 어려서부터 어떤 동물이든 좁은 곳에 가둬진 걸 보고 있으면 숨이 막혀왔다. 갓 초등학교를 입학했을 때 할머니 댁에 놀러 갔다가 할머니의 잉꼬 두 마리가 좁은 새장에서 퍼덕거리는 걸 보고 새장 밖으로 날려준 적도 있었다. 초등학교 이후로는 동물원에도 가지 않았다.

'자연 발생 휴양지라더니….'

날개 끝을 잘라 날지 못하는 화려한 색채의 금강 앵무를 데리고 다니며 사진을 찍게 유도하는 직원들을 본 현조는 헐거운 손목시계를 만지작거리며 중얼거렸다. 그리고 그들을 피해 길을 따라 빠르게 걸었다. 바다 표시가 되어 있는 곳으로 가자, 호수처럼 보이는 넓은 바다가 나타났다. 깊은 수역으로 이어지는 곳은 혹여 사고가 나지 않도록 댐 비슷하게 생긴 것이 쌓여 있어서 사람들은 그 바깥으로 나갈 수 없었다. 먼저 온 관광객들은 벌써 스노클링 마스크와 오리발, 구명조끼를 빌려 입고 바다로 뛰어들고 있었다. 얕은 수역은 사진에서 보던 카리브해처럼 에메랄드빛으로 빛났고, 수심이 깊어지는 부분은 에메랄드 색채 위에 푸른 물감을 서서히 섞은 듯 짙게 변했다. 바다 건너편은 초록색이 꽉 들어찬 숲이었다. 지도를 보니 셸하의 윗편으로 자전거를 타고 올라가면 맹그로브 숲에서 시작되어 바다로 이어지는 강에서 헤엄을 칠 수 있다고 적혀 있었다. 지도와 짙은 색조의 풍경을 응시하며 생각에 잠겨 있던 현조는 이내 관심 없다는 듯 등을 돌려 주변의 풍경에 더는 눈길도 주지 않고 지도에서 찾아낸 식당에 들어갔다. 그리고 데킬라 두 잔과 나초 칩, 과카몰레를 올린 커다란 접시를 들고 와 식당 앞에 펼쳐진 작은 테이블에 내려놓은 뒤 파라솔이 크게 펼쳐진 선베드에 드러누웠다. 오전 11시에 마시는 술이어서 그런지 데킬라를 마셔도 알코올의 기운이 전혀 느껴지지 않았다. 데킬라를 한 잔 더 가지러 가려던 찰나, 옆 선베드에 웬 덩치가 드러누워 불쑥 말을 건넸다. 하비에르였다.

"술을 마시기에는 너무 이른 시간 아닌가?"

"당신 손에 있는 건 뭔데?"

"이건 술이라고 할 수 없지."

하비에르는 껄껄 웃으며 손에 쥔 맥주를 단숨에 들이켰다. 버스에서의 일에 대해 미안해하는 기색은 전혀 보이지 않았다.

"유럽인, 특히 독일인들이 자기네들 맥주 맛이나 술맛이 최고라는 소리를 많이 하는데, 사실 맥주는 카리브해의 뜨거운 햇살을 받으며 저 바다를 보며 마시는 게 최고지. 특히 옆에 함께 있는 사람이 근사할수록 그 순간 맥주의 맛을 따라올 건 없어. 멋모르는 유럽의 허여멀건 한 놈들이나 독일 바이젠이나 프랑스의 와인이 최고라는 소릴 해. 남미의 뜨거운 태양이나 화산 토양, 높은 설산이 만들어낸 게 뭔지 그들은 몰라. 그러면서 어찌나 젠체하는지. 관광객으로 제일 만나기 싫은 족속들이야."

'옆에 함께 있는 사람이 근사할수록….'

현조는 얼굴에서 발끝까지 훑어 내려가는 하비에르의 시선을 느꼈다. 버스나 리조트에 유럽인으로 보이는 사람이 거의 없었

는데도 자신에게 굳이 저런 소릴 하는 이유가 무엇인지도 의아
했다. 어쨌든 그가 귀찮으면 혼자 내버려 두라 말하거나 그의 말
에 일일이 대꾸해주지 않으면 될 일이었다. 현조도 그 사실을 잘
알고 있었지만 자꾸 하비에르의 말에 대답이 튀어나왔고, 그의
짙은 구릿빛 살결과 깊게 꺼진 눈에 시선이 갔다.

"너 인종 차별주의자구나? 아시아인은 싫지 않고?"

하비에르는 다시 웃었다.

"아마 그럴지도. 하지만 아시아인은 당신이 처음이라 아직 어
떤지 결정을 못 하겠군."

그는 능글맞게 웃으며 옆에 놓인 생맥주잔을 하나 더 들이켰
다. 자신의 선베드를 현조 가까이 밀어붙인 그는 볕도 좋은데 왜
수영을 하지 않느냐고, 자신은 수영을 매우 잘하니 혼자 놀기 심
심하면 같이 물에 들어가 줄 수 있다고 말했다. 현조는 퉁명스레
거절했지만, 하비에르는 계속 그녀에게 수영을 권했다. 순간 현
조는 그와 함께 물속 깊은 곳으로 들어가는 것을 상상했다. 물속
에서 투명해질 하비에르 몸의 경계를 바라보는 것이, 흐릿함 속
에서 드러날 그의 굵직한 몸 선과 물결에 구불거리며 춤출 새카
만 머리카락이, 그리고 깊은 두 눈과의 마주침이 어떨지 궁금해
지던 참이었다.

현조는 자리에서 벌떡 일어났다. 하비에르와 대화하는 동안
도훈이, 도훈의 마지막이 생각나지 않은 것은 좋은 일이었다. 하
지만 이게… 정말 좋은 일인 건지 혼란스러웠다.

"수영하시게?"

그녀를 따라 일어나려는 하비에르에게 현조는 따라오지 말라는 듯 손을 내저었다. 어깨를 으쓱하는 그를 못 본 척 가방을 챙겨 도망치듯 탈의실로 종종걸음을 쳤다. 스노클링 마스크와 구명조끼, 오리발을 빌린 현조는 수영복 위에 래시가드 후드를 걸쳤다. 그리고는 근처 지도에서 맹그로브 숲과 바다로 이어진다는 강의 기원을 확인했다. 대여소에서 자전거를 빌린 그녀는 맹그로브 강의 시작을 향해 숲 한가운데 난 널따란 흙길을 따라 페달을 맹렬히 밟았다. 습한 기운이 흙과 풀, 나무껍질의 향과 섞여 들었고, 바람은 상념을 떨쳐내 줄 듯 그녀의 양 뺨과 땀이 흐르는 목을 시원하게 스쳤다.

태양의 노란 기운을 받아 활기차 보이는 사람들로 시끌벅적했던 셸하의 바다 지역과는 달리, 공기 전반에 푸른빛이 내려앉은 맹그로브 숲 강의 상류 지역은 한적하고 고요했다. 현조는 자전거를 반환점에 넘겨주고 물소리가 들리는 곳을 향해 걸어 내려갔다. 낙엽과 흙, 잔가지를 조심스레 밟는 소리와 새의 지저귐만이 적요를 깨는 유일한 소리였다. 현조는 지면 위로 드러난 구불거리는 굵은 나무뿌리들, 하늘 위를 뒤덮은 초록빛의 무성한 이파리, 은총을 베푸는 듯 잎 사이로 손길을 뻗어 땅과 풀 위에 내려앉은 빛을 무심히 지나쳤다. 하지만 마침내 눈앞에 나타난 파랗게 빛나는 강 앞에서는 잠깐 걸음을 멈췄다. 강은 너무나 투명해서 그 속의 흙과 나무뿌리가 죄다 보였다. 현조는 천천히 다리부터 물에 담갔다. 차가운 강물에 몸이 파랗게 물드는 듯했다. 그리고 그 일이 있고 난 이후 처음으로 심장의 펄떡임이 느껴졌다. 현조는 눈을 감았다. 자신의 몸통만큼 커다란 나무 둥치를 타고 물속으로 천천히 미끄러져 내려갔다. 혹시라도 시계를 잃어버릴까 봐 오른손으로 왼쪽 손목을 꽉 쥔 채.

2.5미터 이상 정도로 깊어 보이는 수면 아래는 위에서 볼 때보다 훨씬 더 그 아름다움이 또렷하게 정돈되어 있었다. 어딘지 어색한 인상이었다. 현조는 수경을 똑바로 얼굴에 끼우고 깊게 잠수했다. 자세히 살펴보니 강 옆구리는 흙과 나무뿌리가 얽혀 있었지만 깊은 바닥과 일부 강 벽은 푸른색의 타일이 깔려 있는 게 눈에 띄었다. 파란색을 연출하기 위해 맹그로브 군락의 강바닥에 타일을 깔다니. 맥이 풀렸다. 가라앉고 싶었다. 어린아이처럼 두 무릎을 꼭 끌어안았지만, 구명조끼 때문에 수면 위로 몸이 자꾸 떠올랐다. 현조는 조끼를 벗어 근처에 잠깐 걸쳐 두고는 인간들이 깔았을 푸른 타일과 맹그로브 군락 나무 근처까지 깊게 내려갔다. 타일과 뿌리를 눈으로 훑고 손을 대자, 또 다른 순간이 눈앞에 펼쳐졌다. 파란 타일들, 구불구불한 나무 그림, 거기에 갖다 댔던 입술, 그리고 하얗게 부스러지던 시원한 파도 소리와 눈물이 고였던 커다란 두 눈. 오래된 기억과 가까운 기억들이 차례차례 그녀의 눈앞에 차올랐다.


"애는, 누가 목욕탕에 수경을 가져간다고."

바득바득 우겨서 가져온 수경을 끼고, 온몸을 끌어안은 채 물속에 잠긴 현조는 숨을 참았다. 초등학교 2학년의 여름과 칸쿤의 시간이 맹그로브 강 아래에서 겹쳐졌다. 온 가족이 수영장이 있는 대형 온천에 갔던 날. 파란 타일들과 그 위에 구부러진 소나무 그림들이 그려진 수영장은 아홉 살 현조에게는 꽤 깊은 곳이었지만, 그녀는 개의치 않고 신나게 헤엄을 쳤다. 사촌 언니가 누가 더 오래 숨을 참나 현조를 도발했고, 곧 대결이 시작되었다. 그러나 언니가 나가고도 한참이나 현조는 물 아래에 있었다. 타일의 볼록 튀어나온 소나무 그림 부분에 몸을 바짝 갖다 대고 입을 맞춰 보기도 했다. 보기보다 부드러웠던 그 촉감. 평생 여기서 살아도 되겠다 싶을 만큼 물속은 편안했고 팔다리는 기묘한 자유를 느꼈으며 숨이 아주 가쁘지 않아 스스로도 놀라던 찰나였다. 그때 누군가의 팔이 불쑥 현조를 건져 올렸다. 그제야 사촌 언니의 엉엉 우는 소리와 주변 어른들의 수군거리는 소리, 이모와 엄마의 화내는 소리가 들려왔다. 언니의 두 뺨에서 흐르는 굵은 눈물. 왜 우는 거지? 이해할 수 없었던 순간. 물속에서 자유로울 수 있다는 것과 자신이 지독하게 잘 참아낸다는 것을 몸으로 알게 된 첫 순간.

그리고 들려오는 파도 소리. 떠오르는 것을 막을 수 없는 장면들. 자유로움이 얼마나 위험할 수 있는지 알 수 있었던 순간들. 도훈의 두 뺨에서 현조의 뺨으로 떨어졌던 눈물과 바닷물. 도훈 너머로 부서지던 포말과 시원하면서도 따뜻했던, 해변을 오가는 파도의 소리. 눈물로 그렁그렁했던 그의 두 눈. 마지막으로 자신을 향한 빛이 반짝이며 일었던 두 동공.

현조는 굵은 맹그로브 나무뿌리 앞에서 눈을 질끈 감았다.

**2**

바쿠스,

베푸는 남자,

쏟아진 와인

쌍꺼풀이 없는데도 소처럼 커다란 눈. 지인의 소개로 도훈을 처음 만난 날, 현조는 실례인 것을 알면서도 둥글고 큰 도훈의 눈에서 시선을 떼지 못했다. 건물이 몇 채씩 있는 집의 둘째 아들이자 유명한 레스토랑을 경영하는 사람이라는 주선자의 말을 듣고 미리 상상해본 이미지와는 꽤 다른 사람이었다. 원 버튼 재킷에 가벼운 풀오버, 발목까지 떨어지는 깔끔한 슬랙스를 입고 고급 로퍼를 신었지만, 그의 분위기는 시골에서 농사라도 짓다 온 것처럼, 도시 물정은 하나도 모르는 사람인 양 순박해 보였다. 현조는 황소처럼 커다란 덩치였지만 여기저기 다 퍼주고 다닐 것 같은, 마음 약해 보이는 그 인상이 맘에 들지 않았다. 지금까지의 경험상 현조는 연인이 될 사람에게서 어떤 일에도 흔들리지 않고 자기 것을 지키는 강인함이 돋보이길 원했고, 베푸는 성격이나 순진함, 온유함은 강인함의 범주에 포함되지 않았다. 게다가 도훈은 그녀에게 질문만 할 뿐 자신에 대해서는 별말이 없었다. 보통 자기 이야기를 하려 드는 남자들과 다른 그의 모습을 보고 현조는 이 소개팅은 텄다는 감이 왔다. 평소 좋아하지도 않는 플로럴 향수를 뿌린 것이나 불편한 펜슬 스커트를 입고 굽이 12센티미터나 되는 스틸레토를 신은 것이 아깝게 느껴져, 이왕 이렇게 된 거 속 편하게 저녁이나 맛있게 먹어야겠다고 생각했다.

도훈이 고른 리스토란테는 한남동에서 입소문을 타기 시작한 곳이었다. 특별히 먹지 못하는 게 있느냐는 질문에 현조는 고개를 저었고, 알아서 주문해도 되겠냐는 말에 고개를 끄덕였다. 프로슈토 햄으로 감싼 멜론, 화이트와인과 올리브유와 고수에 버무린 문어와 감자, 깔라마리 등이 올라간 모둠 애피타이저, 커다란 파르미지아노 레지아노 치즈 휠을 통째로 가져와 그 안에서 여러 번 섞고 트러플을 잔뜩 올린 리조또, 루꼴라와 치즈를 곁들인 안심 스테이크, 마지막으로 2009년 빈티지의 슈퍼 투스칸 와인까지 도훈이 주문한 음식들은 하나같이 현조의 입맛에 쏙 맞았다.

"와인 맛이 계속 바뀌네요."

"마음에 드세요?"

"네. 신기해요."

"사실 같이 마시면 더 잘 어울릴 와인을 가져오려 했는데요. 호불호가 있는지라 좋아하실지 자신이 없어서…."

도훈이 말끝을 흐리며 수줍게 웃었다. 그의 말에 괜한 오기가 생겼다.

"어떤 건데요? 맛이든 뭐든 새로운 것에 되게 도전 잘해요."

"그렇다면⋯."

도훈은 말을 멈추고 잠깐 생각에 잠겼다. 두 사람은 리스토란테의 명물인 티라미수를 먹고 에스프레소를 마시며 '그 호불호가 갈린다는 와인'에 대해 이야기를 나눴다. 현조는 몹시 배가 불렀지만, 도훈의 설명을 들으면 들을수록 그 와인에 대한 궁금함에 입맛이 도로 돌았다. 와인에서 베리와 장미와 트러플에 가죽 향이 난다니. 마셔보면 자신이 즐길 수 있을 것이라 단언하는 현조의 말에 두 사람은 도훈이 자주 간다던 와인바로 함께 걸음을 옮겼다. 다행히 리스토란테에서 멀지 않은 곳이었다. 그곳엔 다양한 종류의 와인이 놓인 길고 긴 디스펜서가 바 좌석 바로 앞에 있었다. 현조와 도훈은 바 좌석에 나란히 앉았다. 소믈리에와 가볍게 인사를 나누고 랑게 네비올로 글라스 두 잔과 치즈를 주문하는 도훈의 모습이 단골인 듯 익숙했다. '그 와인'을 마시기 전에 우선 맛을 한번 보라고 도훈은 권했다.

"같은 포도 품종으로 만드는 거라서요. 둘 다 네비올로라는 품종이에요. 그 포도 캐릭터를 살짝 맛볼 수 있다고나 할까."

와인 얘기를 할 때면 도훈은 그 큰 눈을 반짝이며 빛냈다. 현조는 그에게서 와인을 빼앗아버려도 그가 저렇게 사람 좋은 모습으로 웃을지 아니면 다른 모습으로 돌변할지 궁금했다. 두 사람은 와인이 담긴 잔을 스월링한 뒤 향을 맡았다. 라즈베리와 아니스, 말린 장미 향과 쿰쿰한 흙내가 차례대로 풍성하게 피어올랐다. 현조는 자신도 모르게 향에 감탄했다.

"어떠신가요?"

"정말 아까 말해 주신 향이 다 나요. 솔직히 와인에서 이런 냄새가 날 거라곤 생각도 못 했는데."

한 번 더 향을 맡은 현조는 잔을 입술로 가져가 속이 비치는 붉은 체리 빛깔의 와인을 입 속에 살짝 머금었다. 시간이 지나며 혀를 조여오던 강한 타닌의 힘이 풀어졌고, 말린 장미 향과 각종 붉은 과실 향, 버섯 향…, 마지막으로 가죽 냄새가 아련하게 풍겨왔다. 자신을 조용히 바라보는 도훈의 시선이 여러 겹의 와인 향기와 겹쳐 온몸으로 스며드는 기분이었다.

"새로운 시도도 좋아하시고…. 혹시 승부욕도 좀 있지 않으세요?"

"맞아요."

어떻게 알았느냐는 물음에 도훈은 그럴 것 같았다고만 했다. 언제 주로 승부욕이 많이 튀어나오느냐고 도훈이 재차 물었다. 떠오르는 여러 가지 이야깃거리가 있었지만, 처음 만난 자리에서 풀기에는 조금 깊숙한 것들과 닿아 있었다. 망설이는 현조의 표정을 보고 도훈은 자신이 아끼던 맛있는 와인도 내놓는데, 뭔진 몰라도 이야기해 주실 수 없느냐며 졸랐다. 현조가 제 빈 잔을 슬쩍 쳐다보자 그는 소믈리에를 불렀다.

소믈리에는 말수가 적었다. 그는 도훈이 무어라 속삭이자 고개를 끄덕여 보이고는 셀러 깊숙한 곳에서 와인 병 하나를 꺼내 왔다. 현조는 병의 레이블을 가리키며 일러주는 소믈리에의 설명에 귀를 기울였다.

"…도훈 님이 예전에 이탈리아에 다녀오시면서 몇 병 핸드캐리 해 오신 와인입니다. 엘리오 알타레 바롤로 깐누비 2013년 빈티지. 포도밭도 빈티지도 훌륭한 것이라 아껴 두신 건데, 오늘 드시는군요. 오픈해드리겠습니다."

코르크를 열자 장미와 제비꽃, 민트 향과 산딸기, 체리 향 등이 은은하게 퍼져 나왔다. 소믈리에는 코르크를 코끝에 대고 부쇼네가 있는지 확인한 뒤, 잔에 따라 시음했다.

"디캔팅 해드릴까요?"

소믈리에의 질문에 도훈은 고개를 끄덕였다. 그러자 소믈리에는 항아리 모양의 디캔터에 와인을 붓고 원을 그리듯 천천히 돌렸다. 그러고는 시음을 권하며 도훈의 잔에 바롤로를 조금 따랐다. 잔 속의 향을 맡고 감탄하던 도훈은 와인을 한 모금 삼켰다. 그를 본 현조가 도훈을 따라 잔을 곧장 입술에 갖다 대려 하자 도훈이 다급히 그녀의 손 위에 제 손을 올렸다.

"이 친구는 진짜를 보여줄 때까지 시간이 조금 필요해서요. 현조 씨 얘기 듣고 마시면 좋을 거 같아요."

"…아홉 살 때 엄마와 이모들, 사촌들과 다 같이 부산에 있는 온천에 간 적이 있어요. 규모가 크고 탕이 다양하게 구비되어 있었죠. 온갖 약 탕, 마사지 탕, 노천탕에 커다란 수영장도 있는 곳이었어요. 그런데 사촌 언니 한 명이 돌고래 어린이 수영단에서 배운 수영을 보여주면서 되게 자랑을 하는 거예요. 저도 거기 다니고 싶었는데 비싸서 엄마가 보내주지 않았거든요. 아무튼 저도 같이 수영장에 들어가려고 했더니 수영장이 깊어서 너 같은 꼬마는 들어올 수 없다고, 바닥에 발도 닿지 않을 거니까 밖에서 수영하는 걸 구경이나 하라고 그러더라고요. 그때 언니는 열세 살이었는데 또래보다 키가 컸어요. 첨벙거리면서 자유형을 하는 모습이 어찌나 약이 오르던지. 가져온 수경을 끼고 저도 수영장에 들어갔어요. 발이 땅에 안 닿았지만, 생각처럼 무섭지는 않더라고요. 원래 물에서 노는 걸 좋아했으니까. 언니가 절 보더니 물에는 들어왔어도 잠수는 못 할 거라고 또 약을 올리기에 시합을 하자고 했죠. 먼저 물 밖으로 나가는 사람이 지는 거라고. 언니가 이기면 제가 가진 유리구슬 눈 돌고래 인형을 주고, 제가 이기면 언니의 48색 파스텔 세트를 제게 주기로 약속하고요. 수경을 끼고 코를 쥐고 물속으로 들어갔는데, 타일이 정말 새파랬어요. 아 그래서 물이 파랗게 보였구나. 벽에는 소나무 그림이 있구나. 파스텔을 꼭 받아서 이걸 그려야지 하고 있는데, 언니가 안 보이더라고요. 이놈의 언니가 나를 놀리려고 혼자 나가 버렸나 싶었는데, 그냥 계속 잠수한 채로 그 자리에 있었어요. 숨이 별로 안 차더라고요."

"그럼 현조 씨가 이긴 거 아니에요?"

"이긴 건 맞았죠. 근데 일이 좀 이상해졌어요. 갑자기 누가 물속으로 첨벙첨벙 들어오더니 저를 확 잡아채 올렸어요. 엄마였죠. 물 밖으로 끌려 나와보니 이모랑 사촌들이 모여 있고, 언니는 울고 있고. 너무 안 나오는데 가만히 있기까지 하니까 제가 죽은 줄 알았대요. 다들 심각한 표정을 하고 서서는…. 전 속으로 '난 더 참을 수 있었는데 놔두지. 근데 끌려 나왔다고 언니가 혹시 파스텔을 안 주면 어떡하지?' 하는 생각만 했죠."

도훈이 소리 내어 웃었다. 파스텔을 받았느냐는 물음에 현조는 웃으며 고개를 끄덕였다.

"물론 받았죠."

"지금도 잠수 잘해요?"

"네. 그 뒤로도 몇 번 언니랑 시합했는데, 매번 언니가 다 졌어요. 목욕탕을 갈 때마다 남이 꺼내 주지 않으면 물 밖으로 안 나갔어요. 하도 안 나와서 오해받고 혼나기도 했고요. 저 지금도 아침마다 수영장 다녀요. 폐활량이 좋은가 봐요…."

와인 잔 입구를 검지로 쓸며 현조는 말끝을 흐렸다. 남이 꺼내 주지 않으면 물 밖으로 나가지 않았다는 잠수 이야기를 전 연인들에게 했을 때 반응이 좋았던 적이 별로 없었다는 것이 문득 떠올랐기 때문이었다. 하지만 그것이 무슨 대수일까 싶었다. 처음 만난 자리에서 비싼 밥을 사고 값이 꽤 나가 보이는 와인까지 척척 내놓는 도훈을 보며, 현조는 사람들에게 잘 퍼줄 것 같던 도훈의 첫인상이 왠지 맞아떨어지는 것 같다는 생각이 들었다. 그렇다면 자신과 상관없는 사람일 터였다.

"이제 맛 한 번 보시겠어요?"

도훈의 말에 현조는 고개를 끄덕였다. 와인 잔을 입술에 갖다 대자 라즈베리와 블랙베리, 타르의 맛, 혀를 조여 오는 강한 타닌과 침이 고일만큼 높은 산도가 입 안을 적셨다. 그녀는 입 안에서 와인을 한참 굴리다가 조심스레 삼켰다. 기대에 찬 도훈의 눈빛이 시야에 들어왔다. 묻지 않아도 묻고 있었다. 현조는 잔과 병의 라벨을 바라보며 쑥스러운 듯 웃었다.

"왜 호불호가 갈린다는 건지 알 것 같네요."

"그래요?"

"네. 그리고…."

"그리고?"

"제가 좀 주제넘었어요. 이 와인은 제가 맛을 즐기기엔 좀 과분한 것 같은데요?"

"왜 그렇게 생각하세요?"

"분명 감춰진 또 다른 깊은 맛이 느껴지는데, 뭔지 모르겠어요. 갓 한글을 떼놓고 명작을 읽은 느낌이랄까요. 이렇게 좋은 걸 제게 주셔서 죄송한 마음이 드네요. 솔직히 이런 종류의 와인을 많이 마셔봤다면 좋음을 단번에 알아챌 수도 있었겠죠."

"이 바롤로, 지금은 여전히 단단하기도 하고…. 아직 시간이 더 필요해서 그런 것도 있을 거예요. 제 맛을 내는 데 온종일 걸리기도 하거든요."

"그렇다 해도 여전히 제겐 과분할 것 같아요."

현조는 그렇게 말하며 도훈에게 양해를 구하고 휴대폰으로 병의 레이블을 찍었다. 그리고 네비올로 포도로 만들었다는 와인의 종류를 소믈리에에게 묻고 그것도 받아 적었다. 와인이 마음에 들었고 몹시 끌렸지만 왜 그런지, 무엇이 좋은지 정확히 알 수 없는 상태를 견딜 수 없었다. 도훈은 그런 그녀를 보며 빙긋이 웃었다. 12시가 다 될 무렵 두 사람은 바를 나섰다. 택시를 타고 가려는 현조에게 도훈은 "집에 도착했을 무렵이면 또 다를 거예요"라고 말하며 남은 바롤로 병을 내밀었다.

며칠 뒤 도훈이 다시 만나고 싶다고 연락해 왔을 때, 현조는 망설이지 않고 그의 제안에 응했다. 사실 현조는 도훈이 자신이 만나오던 타입이 아니었기 때문에 첫 만남 이후 집에 돌아와서도 그와 다시 만날 일은 없으리라 생각했다. 이상하게도 만나지 않는 편이 나을 것 같다는 생각이 들었다.

그날, 샤워하고 나온 뒤 하이힐에 혹사당한 발을 족욕기에 넣고 기계를 켰다. 그의 눈, 기울여지는 와인 잔을 저지하던 손에서 은은히 풍겨오던 부드러운 모링가 향기, 말린 장미와 야생 딸기, 흙 냄새. 현조는 수건으로 머리카락을 털고 며칠 전 족욕기 근처에 뒀던 책을 펼쳤다.

그때 와인이 생각났다. 도훈이 넘겨준, 아껴 뒀다던 바롤로 와인. '아직 시간이 더 필요해서 그런 것도 있을 거예요. 제 맛을 내는 데 온종일 걸리기도 하거든요.' 현조는 집에 있는 와인 잔을 챙겨 족욕기 옆의 협탁에 잔을 두고 조심스럽게 바롤로를 따랐다. 전보다 훨씬 부드러워지고 더욱 풍성해진 향이 방을 채웠다. 처음 바롤로를 마셨을 때 느꼈던, 굵은 나무 둥치에 솟아오른 거칠고 커다란 나뭇가지와 떫은 열매의 인상과 달리 더 많은 굵은 가지와 잔가지들이 하늘로 뻗쳐 있고, 붉은 잎사귀들이 풍성하게 가지의 마디마디를 채웠으며, 검붉게 잘 익은 열매가 가지에 달려 있거나 땅에 떨어져 있었다. 현조는 떨어진 검은 과실과 붉은 과실의 새콤하고도 달콤한 향을 이겨내지 못하고 그것을 주워 들어 한입 베어 물었다. 실크처럼 부드럽지만 힘 있는 과육의 질감과 입 안을 가득 채우는 과즙, 상큼하고 들척지근한 클로브가 은은하게 섞여든 나무뿌리가 뻗어 나간 깊은 토양, 해와 안개를 적절히 머금으며 온갖 영양분으로 풍성해진 땅에서 풍겨오는 짙은 타르의 맛까지…. 와인의 향이 품위 있고 우아하게 입과 코를 휘감으며 스며들었다. 코끝으로 파고들어 언제까지고 떨어지지 않을 것 같은 집요한 과육의 향. 현조는 순간 자신을 바라보던 도훈의 눈과 자신이 말할 때 짓던 부드러운 미소, 또 함께 마셔 달라던 굵고 낮은 목소리가 천천히 떠올랐다. 애타는 마음을 누른 채 시간을 들여 와인을 한 모금 더 마셨다. 이윽고 현조는 휴대폰을 열어 도훈에게 바롤로에 대한 문자 메시지를 보냈다. 고맙다는 말과 함께. 늦은 시각이었지만 답장은 빨랐다. 책을 내려놓고 휴대폰을 다시 확인하려던 순간 현조의 손이 미끄러져 와인 잔이 넘어졌다. 덕분에 잠옷으로 입고 있던 흰 티셔츠 위로 얼마 남지 않았던 와인이 쏟아졌다. 현조는 아까움에 짧게 탄식했다. 휴대폰이 한 번 더 울렸다.

'다음에는 저와 함께 즐겨주세요.'

'곧 만나요.'

두 개로 나뉘어온 답장. 현조는 티셔츠 위로 천천히 번져나가는 붉은 와인을 가만히 바라보았다.

두 번째와 세 번째 만남에서도 두 사람은 함께 와인을 마셨다. 도훈은 와인에 대해 아는 것이 많은 사람이었고, 현조에 대해서도 무엇이든 알고 싶어 하는 사람이었다. 현조는 그가 알려주는 와인이 궁금했고, 그보다 더욱 도훈이 궁금했다. 그리고 도훈의 깊고 넓은 눈빛을 보면 이상하게 마음이 편해졌다. 속에 있는 것들이나 진짜 하고 싶은 말 따위를 잘 내놓지 않는 현조였지만, 도훈을 만날 때면 자꾸 뭔가 하나씩 더 그에게 보여주고 있었다. 그러나 마음의 기울기가 커진 것을 느끼자 이성은 과거의 편린을 그녀의 뇌리에 떠오르게 만들었다. 덕분에 현조는 자꾸 그를 향해 기우는 몸을 곧추세우고 도훈에게 어떤 삶을 살아왔는지, 무엇을 좋아하는지, 어떤 사람들을 만나왔는지, 나를 어떻게 생각하는지, 당신의 부모는 어떤 사람인지, 결혼 생각은 있는지, 앞으로의 사업 계획은 어떤지 등등을 거침없이 물었다. 질문과 나직한 도훈의 대답. 웃음. 이어지는 그의 질문. "일은 좋나요? 저는 컴퓨터라면 맹탕인데, 프로그래머라니 현조 씨 멋있어요", "아니, 불면증이 심하다니, 그럼 뭐로 버텨요? 무슨 책 읽으시는데요?" 감탄과 칭찬을 양념 삼고 서로의 말꼬리를 붙들고 되물어가며 두 사람의 대화는 길어졌다. 테이블 위에 빈 와인 병이 세병으로 늘어날 무렵, 도훈이 침묵을 깨고 불쑥 좋아한다고 말했다. 진지하게 만나보지 않겠느냐는 그의 말에 현조는 잠깐 입을 다물었다가 이내 그에게 자신의 어떤 점이 마음에 들었느냐고 물었다. 도훈의 눈꼬리가 포물선을 그렸다. 낮은 웃음. 부드러운 미소. 점점 더 기울어지는 마음.

"이런 점이요."

도훈은 현조를 보면 매드맥스의 퓨리오사가 떠오른다며 웃었다. 그 말을 듣고 현조는 깔깔거렸다. 이전 남자친구들에게 공통점이 있다면 현조의 거침없고 승부욕이 강한 면을, 자신의 일을 향한 야망을 부담스러워했다는 것이었다. 그들 중 몇몇은 심지어 현조의 잠수 이야기를 듣고 넌 너무 독하다고까지 했다. 현조의 이런 성격은 단아하고 가정적인 아내를 바라는 이들에게 단점이었고, 끝내는 이별로 이어졌다. 그렇기에 현조는 지금껏 단점으로 여겨져 온 자신의 모습이 누군가에게 매력이 된다는 사실이 신기했다. 동시에 기뻤다.

이토록 설레면서 편안하고 꾸미지 않아도 되는 사람을 만나본 적이 있었던가. 도훈은 현조가 베티버와 샌달우드 향이 짙은 향수를 뿌리고, 청바지에 후드티만 걸쳐 입어도, 셔츠에 조거 팬츠를 입어도 그에 대해 호불호를 단 한 번도 언급한 적이 없었다.

도훈은 그녀의 스타일에 간섭하지 않았고 그 어떤 잔소리도 하지 않았다. 자신의 하루와 고통을 듣기만을 강요한 적도 없었다. 그는 현조가 무엇이든 털어놓을 수 있게끔 이야기의 길을 터주었다. 현조가 먼저 묻지 않으면 함부로 조언하려 들지 않았고, 자신이나 주변인의 경험을 풀어놓으며 그녀의 말문을 막지도 않았다. 도훈과 만나며 현조는 마음 편히 많은 이야기를 할 수 있었다. 단 하나, 자신이 나약하게 보일 법한 일들은(예를 들면 회사에서의 고통과 힘듦, 혹은 더 깊은 곳에 머무는 가정사 같은 것들) 제외하고.

지금까지 다른 사람과의 만남, 기억들은 모두 현조의 안에서 퇴색되고 있었다. 모니터 속 숫자와 기호의 세계, 그리고 건조한 인간관계와 깊은 곳에 묻어 둔 가족들이 전부였던 회색빛 삶에 굳이 다른 색을 덧칠하지 않으려 애쓰며 살아왔던 현조였는데. 단지 한 사람이 끼어든 것만으로 다른 색이, 산딸기와 체리, 크랜베리의 맛처럼 새콤하면서도 달콤 쌉쌀하며 따스하고 뜨거운, 검붉은 기운이 번지는 것 같았다. 가슴이 뛰었다. 현조는 밝고 아름다운 색채는 어쩐지 다치지 않게끔 보호가 필요하다고 생각해 왔다. 그녀는 나약함이 싫었고 그래서 항상 나름의 정도를 지켜 왔었다. 그 누구의 색채도 자신에게 번져오는 것을 허락한 적이 없었다. 그러나 그녀 안으로 서서히 번져가고 스며드는 이 색을 이제는 제지하고 싶지 않았다. 현조는 도훈이 이전의 연인들과는 다른 특별한 사람이 될 거라는 것을 알 수 있었다.

# 3

순진한 남자,

해리 포터와

치첸이사의 목

　나이를 먹을수록 체감하는 시간의 속도는 점점 빨라진다. 겨우 한두 달, 아니 몇 주 전의 순간이라 해도 지나간 시간과 자신 사이의 거리감은 멀기만 한데, 왜 그와 별개로 어떤 순간은 마음과 기억에 달라붙어 언제고 진행형으로 존재하는 것일까. 시간의 절대성과 상대성을 생각하면 이미 멀리 떨어졌어야 하지만 그 성질을 무시한 채 항상 현조와 함께하는, 언제나 현조와 함께 삶을 진행 중인 순간들.

　현조는 수면 위로 빠르게 올라왔다. 강 깊은 곳으로 더는 내려가고 싶지 않았다. 달라붙은 기억을 강바닥으로 떨치듯 팔다리를 털어내며 물 위로 올라오자, 강가에 앉아 물속에 발을 담근 채 그녀를 바라보던 미국인 노부부와 눈이 마주쳤다. 한참이나 물밑에서 올라오지 않던 그녀가 신기한 모양이었다. 현조는 구명조끼를 꿰어 입고 오리발을 신었다. 손목을 더듬어 여전히 시계가 그 자리에 있음을 확인하고, 다른 사람들이 하듯 수면 위에 둥 실둥실 뜬 채로 물살에 몸을 맡겼다. 처음 선베드에 누운 채 바라 보았던 바다까지 떠밀려 오는 데 대략 한 시간 정도 걸렸다. 바다 에서 나가기 전 (그게 무엇인지는 모르겠지만) 뭐라도 찾고 싶은 마 음에 수면 아래로 한 번 더 얼굴을 들이밀었으나 자잘한 물고기 와 바위, 흔들리는 초록빛 물풀과 사람들의 팔다리, 탁해진 바닷 물이 시야에 들어오는 전부였을 뿐이었다.

현조는 몸의 소금기를 씻어낸 뒤 가까운 레스토랑에 들어갔 다. 뷔페로 구성된 식당에서 그녀는 설익은 조개 요리와 화지타 를 먹는 둥 마는 둥 하고 나왔다. 몸을 많이 썼음에도 배가 고프 지 않았다. 쏟아지던 햇빛은 어느새 옅어지고 멀리서 짙은 회색 빛 구름이 몰려오고 있었다. 현조는 도로 레스토랑에 들어가는 대신, 근처 바로 향했다. 가장 큰 잔에 데킬라를 꽉 채우고 애플 민트를 얹어 달라고 말하자 바 뒤에 있던 남자가 고개를 들었다. 키가 작고 배가 남산만큼 나온 그는 현조를 아래위로 훑어보고 는 제일 큰 맥주잔에 데킬라를 가득 채워 건넸다. 곧 비가 쏟아지 기 시작해 사람들은 레스토랑이나 바에 들어가 비를 피했지만, 현조는 커다란 잔을 들고 텅 빈 선베드 존으로 들어섰다. 파라솔 이 달린 맨 앞줄의 선베드에 자리를 잡고 눕자 파라솔이 가려주 지 못한 다리 위로 비가 쏟아졌다. 야외 활동을 하던 사람들 대부 분이 실내로 들어왔지만, 물속에 있던 사람 중 일부는 여전히 우 중 수영을 즐기고 있었다. 즐거운 비명과 뛰어다니는 소리, 시원하게 쏟아지는 스콜성 비의 소리를 들으며 현조는 데킬라를 홀짝였다. 온몸을 타고 흐르는 알싸한 알코올의 기운이 빗소리와 함께 전율을 일으켰다. 조금 전까지만 해도 화려한 색채로 반짝였던 칸쿤은 회색빛으로 완전히 젖어 들었다. 아주 먼 곳에서 햇살이 다시 등장할 기미를 보였지만, 현조는 이 우중충한 세상을 즐겼다. 최근에 마셨던 그 어떤 술보다 맛이 좋았다. 비가 쏟아지던 날 차 속에서 도훈과 마셨던 따뜻한 커피가 잠깐 떠올랐으나, 스페인어 특유의 억양이 강하게 섞인 영어를 쓰는 하비에르의 목소리가 갑작스레 끼어든 덕에 커피의 기억은 순식간에 식어버렸다. 현조는 흐린 색으로 변해버린 바다를 바라보며 피식 웃었다. 그의 말은 어떤 면에선 옳았다. 옆에 누가 있느냐에 따라 술맛이 근사해진다는 말. 현조는 선베드에 머리를 기대고 빗속으로 다리를 쭉 뻗었다. 틈만 나면 어두운 장면이 떠올랐지만, 현조는 눈앞의 것들에 집중했다. 푹 젖은 비치 타월과 아쿠아 슈즈, 반 이상 비어버린 데킬라 잔과 빗물에 늘어진 야자수 잎들, 그리고 갖가지 명도의 회색 구름 가장자리에서 금방이라도 사라질 듯 가련하게 희미한 존재감을 비추는 반짝임. 현조는 조소인지 미소인지 알 수 없을 표정을 얼굴에 띄우며 남은 데킬라를 모두 들이켰다.

공기가 좋은 곳에서 술을 마시면 잘 취하지 않는다는 말을 언젠가 들은 적이 있다. 칸쿤에서 데킬라와 매일 밤 채워지는 무료

서비스 샴페인을 홀로 퍼마시며 현조는 그 말을 몸소 체감했다. 치첸이사로 출발하는 아침 버스 시간보다 두 시간이나 일찍 일어난 현조는 여느 때보다 맑은 정신으로 샤워를 했다. 머리를 말리는 사이 누군가 방문을 두드렸다. 샤워하기 전에 주문한 조식이 도착해 있었다. 직원이 하품을 하며 치즈를 뿌린 스크램블드에그, 소시지 조각, 크루아상이 놓인 접시와 망고, 멜론, 사과가 놓인 접시를 테이블 위에 하나씩 올렸다. 그는 마지막으로 카트에서 오렌지 주스와 물 한 병을 내려놓았다. 주스보다 모히토 한 잔이 더 간절했지만, 현조는 별다른 말없이 준비해 뒀던 팁을 건넸다.

리조트 입구로 나가자 전날 셀하에 다녀온 버스와 같은 버스가 치첸이사행 표지를 달고 서 있었다. 현조는 시계를 확인했다. 버스가 출발하려면 아직 십오 분은 더 기다려야 했다. 현조는 주위를 두리번거렸다. 전날 크루아상과 쿠키를 주던 곳에서 커피나 한 잔 마시면서 시간을 때울 생각이었다.

"…자기 혹시, 치첸이사에 가기 싫은 거야?"

강한 영국식 억양이 배인 남자의 목소리에 고개를 돌려보니 낯익은 커플이 현조 가까이 걸어오고 있었다. 오렌지색 머리에 주근깨가 가득한 남자는 폴로셔츠에 치노 팬츠를 입고 있었고, 갈색 머리에 역시 주근깨가 가득한 여자는 짧은 카고 팬츠에 슬리브리스 차림을 하고 있었다. 여자가 현조를 알아보고 눈인사를 하자 그제야 그들이 옆방의 커플임을 알아챈 현조도 어색하게 웃어 보인 뒤 고개를 돌렸다. 리조트 여기저기를 오가며 자주 마주치던 두 사람과 대화를 나눈 적은 없지만, 현조는 두 사람의 이름이 캐런과 데이빗이라는 것을 알고 있었다. 데이빗은 조금 서운한 표정으로 캐런을 쳐다보고 있었다.

"내 말은, 데이빗, 자기가 가고 싶으니 간다는 거지. 싫다고 한 적 없어. 그래서 아침 일찍 조식도 마다하고 나왔잖아."

캐런은 데이빗의 손을 꼭 붙들고 그를 바라보며 말했다. 다정한 말투였다.

"다행이야. 자기가 가기 싫은 줄 알았어. 오늘 우리 어디 가보는지 안내 책자라도 같이 훑어보지 않을래? 아침은 투어 코스에 포함되어 있을지도 몰라."

현조는 두 사람과 리조트 안에서 몇 번씩 마주치곤 했는데 그때마다 둘은 메뉴로 무엇을 고를지, 그다음에 무엇을 할지 따위의 선택의 기로에 서 있었다. 서운함을 이야기할 법도 하건만, 매번 누군가의 포기와 양보로 답을 선택해가며 여행을 즐기고 있는 듯 보였다. 대부분 캐런이 한발 물러서는 것 같았고, 이번에도 양보한 사람은 데이빗이 아닌 듯했다. 현조는 데이빗이 신이 나서 치첸이사에 대해 이야기하고 있을 때, 그 곁의 캐런이 초점 없는 눈빛으로 그의 말을 열심히 들어주는 척하는 것을 눈치챘다. 가끔 캐런의 시선이 데이빗과 안내 책자가 아닌 밝은 태양 아래 빛나는 바다로 향해 있었기 때문이었다. '대단하군.' 속으로 생각하며 현조는 두 사람에게서 등을 돌렸다.

멀리서 익숙한 웃음이 들려왔다. 다른 직원과 시시덕대는 하비에르의 목소리였다. 어제와 달리 치첸이사용 가이드 옷으로 바꿔 입은 하비에르는 차 문 앞에 서서 탑승자를 확인하며 서 있었다. 현조는 그의 무례함과 가벼움이 싫었다. 그러나 동시에 야릇한 감정이 그녀의 마음을 휘감았다. 그가 자신을 알아보고 손을 흔들길, 한국인 아가씨 오늘도 혼자? 하고 묻길 바라는 마음. 현조는 당혹스러워 하비에르가 있는 방향에서 등을 돌렸다. 커피 머신이 어디에 있는지 눈에 잘 띄지 않아 짜증마저 났다.

"뭘 찾나요? 도와 드릴까요?"

풍성한 검은 머리, 명랑한 목소리, 낯익은 얼굴. 이름이 기억나지 않아 현조는 저도 모르게 미간을 찌푸렸다. 유니폼 왼쪽 포켓 위에 수놓인 자신의 이름을 가리키며 여자는 웃었다.

"기억나요? 글로리아. 글로리아 후아레즈. 그저께 프런트에서 만난."

"아아."

"치첸이사에 갈 건가 봐요?"

현조는 고개를 끄덕였다. 글로리아는 아직 커피 머신이 준비가 되지 않았다며 잠시 소파에 앉아 있기를 권했다. 그리곤 곧 아이스커피가 담긴 플라스틱 컵을 쥐고 한 남자와 함께 다가왔다. 176센티미터 정도 되어 보이는 키에 짧은 검은 머리, 크고 둥근 눈을 한 그는 하비에르와 똑같은 치첸이사행 가이드 옷을 입고 있었다.

"여긴 미구엘 멘데즈. 내 친구 동생이고 스물다섯 살이에요. 이번에 치첸이사 보조 가이드로 간다네요. 현조. 혼자 갈 거죠?"

"저녁, 혼자 먹을 거죠? 혼자 오신 거죠? 일행분은 없는 거죠?"

셀하를 다녀온 후 저녁을 먹으러 식당을 갔을 때, 한 잔 해야겠다는 생각이 들어 바에 갔을 때마다 그녀는 스태프들의 확인하는 질문과 눈빛을 반복적으로 받아야 했다. 단 하루 머물렀을 뿐인데, 결혼식 일주일 전 죽은 남편을 두고 홀로 신혼여행을 온 동양인 여자에 대한 소문은 이 거대한 리조트 전체에 역병처럼 퍼져나가 모르는 사람이 없는 것 같았다.

"커피 고마워요."

한쪽 어깨에 가방을 메고 넓은 챙이 달린 모자와 선글라스를 쓴 현조는 글로리아에게서 커피를 받아 들며 냉랭하게 말했다.

"아, 기분 상하게 하려던 것은 아니고요. 치첸이사는 설명을 제대로 듣지 않으면 재미가 없거든요. 덥기는 또 얼마나 더운지. 아무튼, 미구엘이 하와이랑 캘리포니아에서 꽤 오래 지내다 온 사람이라 하비에르보다 영어를 더 잘해요. 아는 것도 많아서 설명도 더 잘할 거고요. 훨씬 재밌을걸요?"

들리지도 않을 먼 거리에 있는 하비에르를 의식하듯 흘끗거리며 글로리아가 입을 가리고 목소리를 낮췄다. 그리고는 미구엘의 어깨를 두드리며 활짝 웃어 보였다. 서비스가 몸에 익은 것인지, 단순한 호의인지, 혼자 된 동양인 여자가 불쌍했던 것인지.

무슨 생각으로 이 남자를 내게 소개해 주는 것일까. 현조는 글로리아의 의도를 파악할 수 없었지만, 그녀의 제의 자체는 썩 나빠 보이지 않았다. 하비에르가 치첸이사로 갈 고객들에게 버스에 탑승하라고 외치는 소리가 들려왔다. 현조는 즐거운 투어 되라는 글로리아에게 어색하게 고개를 끄덕여 보이고는 버스를 향해 걸어갔다. 뒤에서 빠른 스페인어가 오가더니 곧 미구엘이 그녀의 곁으로 뛰어왔다. 달콤한 바닐라와 헤이즐넛 향기가 그를 따라 풍겨왔다. 두 사람이 함께 버스에 오르는 것을 본 하비에르는 눈썹을 들어 올리며 현조의 이름을 명단에서 찾아 체크했고, 미구엘과는 스페인어로 알아들을 수 없는 말을 주고받았다. 남은 좌석에 현조가 앉자, 미구엘이 다가와 그 옆에 자신이 앉아도 될지를 조심스럽게 물었다. 현조는 고개를 끄덕였다.

"Um, Miss? What is your name?"

"신현조야. 성이 신이고 이름은 현조. 그냥 조라고 불러도 돼."

그녀를 뭐라고 불러야 할지 몰라 어색해하는 미구엘에게 현조가 말했다. 그 말을 듣자 미구엘은 수줍게 웃으며 그렇다면 자신도 그냥 미구엘이라 불러 달라고 말했다. 이십 대 초반, 과장하자면 십 대 후반으로도 보이는 그는 붙임성과 말주변이 좋아 능글맞아 보이기까지 하는 호텔의 여느 직원들과 달리, 수줍어했고 말을 신중하게 골라서 하는 편이었다. 글로리아가 미구엘에게 현조가 알아들을 수 없는 스페인어로 말할 때, 현조는 자신의 이름 석 자가 잽싸게 지나가는 것을 분명 들었다. 그러나 현조의 옆

자리에 앉은 미구엘은 그녀에게 다시 이름을 물어왔다. 그는 횬조, 현조, 조 하고 몇 번 중얼거리더니 그녀를 보고 싱긋 웃어 보였다. 순간 현조는 기묘한 기시감을 느꼈다. 미소, 크고 둥근 눈, 햇살에 반짝이는 짙은 눈썹과 촘촘하고 긴 속눈썹, 도톰한 입술. 무엇 하나만 집어낼 수 없었다. 미구엘의 많은 것들이 그녀에게서 불특정한 감정과 감각을 가닥가닥 살려냈다. 조심스러운 태도와 수줍은 미소, 초식 동물에게서 볼 수 있는 무해한 아름다움과 부드러운 단단함. 도훈을 이루던 조각들. 현조는 그것을 미구엘에게서도 볼 수 있었다. 그녀는 닭살 돋은 팔을 쓸어내리고 손목에 걸려 있는 시계를 만지작거렸다. 차창 밖으로 고개를 돌리자 미구엘의 얼굴을 빛나게 해준, 새하얀 멕시코의 태양이 쏟아지고 있었다. 그것은 어느 여름 현조가 도훈과 함께 걸었던 부암동의 언덕, 까무잡잡한 도훈의 얼굴을 비추던 서울의 농도 짙은 햇빛과도 같았다. 무언가 북받쳐 오르는 바람에 현조는 재채기를 했다. 미구엘이 건네는 티슈를 받아 든 그녀는 고개를 꾸벅이며 위기를 한차례 넘겼다.

미구엘은 그날 치첸이사 투어 가이드의 임시 보조였다. 사진기를 들고 만지작대던 그는 자신의 직업은 수중 사진사라고 나지막이 말했다. 원래 전문 다이버나 스노클링 하는 관광객, 혹은 바닷속 풍경 사진을 찍는다고 그는 덧붙였다. 현조가 어쩌다 오늘 투어 가이드가 되었느냐고 묻자, 미구엘은 아픈 형의 부탁이었다고 말하며 어깨를 으쓱였다. 얼마간 고요히 달리던 버스에 다시 하비에르가 나타났다. 얼굴을 구겨가며 어렵사리 하비에르의 설명을 듣던 현조에게 미구엘은 그녀가 못 알아들은 듯한 얘기를 다시 설명해주었다. 미구엘의 미국식 억양은 현조가 알아듣기에 한결 수월했다. 미구엘과 머리를 맞댄 채 치첸이사에 대해서 속삭이던 현조는 종종 자신에게 눈길을 주는 하비에르와 몇 번 눈이 마주쳤지만, 그때마다 그의 시선을 피했다.

치첸이사에 도착하자 하비에르와 미구엘, 그리고 다른 가이드 한 명은 관광객들에게 거대한 장우산, 이어폰, 워키토키, 얼린 생수를 하나씩 나눠주었다. 사람들이 줄을 서서 장우산 받는 것을 보며 현조는 아무리 덥다 한들 파라솔 수준의 우산을 개인별로 줄 필요가 있는지 의문이 들었다. 하지만 장우산의 쓸모는 금세 드러났다. 고작 5월밖에 되지 않았고 햇볕 아래 몇 분 서 있었을 뿐인데 온몸에 땀이 줄줄 흘렀기 때문이다. 게다가 유명 관광지답게 입구 앞에 바글거리는 어마어마한 인파를 보자 숨이 턱 막힐 것 같았다. 현조는 땀을 훔치며 받은 우산을 펼쳤다. 온몸을 태울 듯 이글거리는 햇빛을 막아주고 사람들과의 사이를 조금이라도 더 벌려줄 제 몸만 한 우산이 고마울 지경이었다. 현조는 이어폰을 워키토키에 연결하고 귀에 꽂았다. 곧 걸걸한 하비에르의 목소리가 들려왔다.

"Hola? Hello, chicos, can you guys hear me?"

모두가 자신의 목소리를 들을 수 있다는 것을 확인한 뒤, 하비에르는 영어로 소통하는 A그룹과 스페인어로 소통하는 B그룹으로 관광객들을 나눴다. 하비에르는 A그룹을 향해 손짓했다. 현조와 미구엘을 포함한 몇몇이 그의 뒤를 따라갔다. 그들은 조그만 길이 난 작은 숲으로 들어섰다. 울창하게 자란 나무들이 하늘을 가린 곳이었다. 스칼렛 리조트라고 쓰인 핑크색의 커다란 장우산 행렬이 꼬리를 물고 숲속으로 이어졌다. 잠깐 그늘진 곳에 들어가는 것만으로도 숨 쉬는 게 좀 편안해진 기분이었다. 그녀는 하비에르와 미구엘의 사이에서 걸었는데, 하비에르는 워키토키와 연결된 마이크가 켜져 있는 것을 아는지 모르는지 현조에게 계속 턱 끝으로 미구엘을 가리키며 남편 대타를 드디어 구했느냐고, 정말 혼자 온 거냐고, 어떻게 된 거냐고 집요하게 물어왔다. 무례하다 화를 내고 혼자 치첸이사를 돌아볼 수도 있었겠지만, 현조는 그렇게 하지 않았다.

"내 약혼자가 어떻게 죽었는지 알고 싶다고? 좋아. 그는 결혼식 일주일 전에 총각 파티를 한답시고 친구들과 놀러 나갔어. 적당히 술이나 마시고 놀다 오겠지 싶어 그러라고 했지. 나중에 후회할 만한, 쓸데없는 짓을 하는 사람은 아니었으니까. 그런데 여자가 있는 술집에 가서 그 자리에서 같이 놀던 여자와 강제로 하려고 했다더라고. 그에게서 겨우 도망친 여자가 일렀는지 술집 매니저가 와서 그와 실랑이가 붙었는데, 거기에 괜히 반발하다가 두들겨 맞았지. 맞다가 넘어져 머리가 찢어졌는데 재수가 없어서 구급차가 도착하기도 전에 죽어 버렸어. 예비 강간범의 쪽팔리는 엔딩이지. 만족해?"

현조의 이야기가 채 끝나기도 전에 하비에르는 그녀의 어깨에 팔을 두르더니 천천히 그녀의 등을 쓰다듬었다. 하비에르 손바닥의 뜨거운 열기가 얇은 티셔츠 너머 등으로 전해져 왔다. 척추를 타고 소름이 돋았다.

"…유감이군."

현조는 하비에르에게 뭐가 유감이냐고 묻고 싶었다. 약혼자의 죽음이 그의 죄에 비해 과한 결과라 느낀 것인지 아니면 현조의 사정이 안됐다고 느껴 유감이라는 것인지 궁금했지만, 쉽게 질문할 수 없었다. 현조의 몸에 멋대로 손을 대고 함부로 말하는데다가 어쩐지 교활한 느낌의 사람이었지만, 하비에르의 관심을 받으면 이상한 쾌감이 느껴졌다. 그것은 도훈이 자신을 쓰다듬었을 때, 혹은 끌어안았을 때 느꼈던 짜릿함과 엇비슷한 것 같았다. 이 정체를 알 수 없는 쾌감은 정의할 수 없는 죄책감을 동반했는데, 두 감각은 바로 전날 셀하에서부터 현조의 마음 한구석에 자리를 잡은 듯했다. 그리고 쾌감과 죄책감은 잊으려 애를 쓰는 고통을 되살려냈다. 몇 번이고 떠올리고 곱씹던 도훈의 이야기를 실제로 내뱉으니 쓰라린 감각이 더 또렷해졌다.

다행히 현조는 연인의 죽음으로 인한 고통과 죄스러운 감각에서 잠시나마 벗어날 수 있었다. 유적지에 거의 다 왔는지 하비에르가 그녀에게서 관심을 거두고 고대 마야인들의 유적지에 대한 설명을 다시 시작했기 때문이었다. 현조는 태양 빛에 눈을 가늘게 떴다. 지금처럼 새로운 것들을 자신의 머릿속에 집어넣으며 생각을 분산시키다 보면, 도훈의 조각들은 전보다 더 희미해질 터였다.

시야를 메우는 관광객들 너머에 길의 끝이 있었다. 높게 우거져 하늘을 가리던 나무들이 모조리 사라진 탁 트인 평지. 그곳에 들어서자 수풀 한 포기 없는 너른 잔디 한가운데 솟아 있는 돌 구조물이 보였다. 대도시 치첸이사의 중심 유적, 뱀 신 쿠쿨칸의 피라미드라고도 불리는 엘 카스티요 피라미드였다. 현조는 내심 이 피라미드를 기대했었다. 천년을 훌쩍 넘기는 옛 시절의 유적지를 바라보면 경이로움과 신비로움을 느낄 수 있지 않을까 생각했기 때문이었다. 사진으로 보았던 피라미드는 사면으로 이루어져 있었고 각 면의 중앙마다 폭이 좁고 가파른 계단이 있어 수십 세기 전 마야인들이 제물을 들고 제단처럼 보이는 정상의 신전으로 올라가는 모습을 쉽게 상상할 수 있었다. 계단의 양옆으로는 사람 키만 한 단이 겹겹이 쌓아 올려져 있었다. 하지만 그것이 전부였다. 멀리서 본 피라미드는 상상보다 작고 초라해 보이는 돌무더기였을 뿐. 실망스러운 첫인상에 현조는 저도 모르게 한숨을 쉬었다.

"알맞은 시간, 알맞은 순간에 보면 날개 달린 뱀 신이 정상에서 내려오는 모습을 볼 수 있어요."

"알맞은 순간이 언젠데?"

"3월이나 9월요."

"…뭐야, 지났잖아."

"유감이에요."

현조는 안타깝다는 표정을 지어 보이는 미구엘에게 눈을 치켜 떴다. '뭐야, 지났잖아'는 한국어로 한 말인데 어떻게 알아들었느냐고 물으니 그는 그냥 그런 뜻같이 들렸다며 웃었다.

"그늘이 너무 없죠? 오늘은 관광객도 꽤 없는 편이네요."

현조는 티셔츠 앞 포켓에 걸어둔 선글라스를 끼며 고개를 끄덕였다. 그늘진 장소라고는 찾을 수 없는 피라미드 근방을 지나치면 치첸이사를 이루는 또 다른 건물들이 있었다. 마야인들의 공놀이인 피찰 경기장, 인신 공양이 이뤄진 세노테, 전사의 신전과 천문대 등등. 그나마 그곳에는 큰 나무들이 심겨 있어 피라미드 구경을 하며 뜨거워진 몸을 식히려고 그 아래로 도피한 관광객들이 제법 모여 있었다. 하지만 세계적인 관광지임을 고려하면 방문객은 확실히 적어 보였다.

워키토키에 연결된 이어폰에서 걸걸한 하비에르의 목소리가 흘러나왔다. 마야 문명에 대해 무어라 설명하고 있었는데, 워키토키의 음질이 안 좋은 덕에 하비에르의 설명을 알아듣기는 쉽지 않았다. 뜨겁고 습한 더위와 알아듣지 못하는 말들. 피곤해진 현조는 이어폰을 귀에서 빼버렸다.

"내가 설명해도 될까요?"

어느새 곁에 다가온 미구엘이 현조에게 조심스레 물었다.

"좋아."

현조의 손짓에 땀으로 젖은 미구엘의 어깨가 장우산 아래로 조심스레 들어왔다. 미구엘은 잠시 머뭇거리더니 한 손으로는 장우산을 가리키고 나머지 한 손을 현조에게 내밀었다.

"치첸이사는,"

장우산을 건네받은 미구엘은 잠깐 말을 멈추고 목을 가다듬었다. 치첸이사를 한번 둘러본 뒤 그는 말을 이어 나갔다.

"마야 문명의 마지막 수도예요. 마야인들은 세상이 52년에 한 번씩 끝난다고 믿었어요. 그래서 52년째 되던 날, 살던 도시를 버리고 다른 곳으로 이동해서 새 도시를 세웠죠. 치첸이사가 그 마지막 도시인 거예요. 치첸이사에서는 초창기의 복잡한 상형문자나 화려한 물건들, 왕의 업적을 자랑하는 비석보단 단순한 그림 문자나 검소한 물건들, 유용한 정보가 담긴 문서가 더 많이 나타났어요. 참, 아까부터 말하는 깃털 뱀 신 있죠? 쿠쿨칸. 그 신은 원래 마야 문명의 초반에는 등장하지 않았던 신이에요. 엘 카스티요는 사실 되게 수학적으로 계산되어 만들어진 근사한 건물인데…."

잘 이해하고 있는지, 흥미를 잃은 것은 아닌지 미구엘의 시선이 현조에게 잠깐 머물렀다. 현조는 낯익은 눈빛을 발견했다. 마야 문명을 설명해주느라 한층 신이 난 미구엘의 목소리, 반짝이는 검은 눈동자. 기시감에 현조는 미구엘을 빤히 쳐다보았다.

"혹시 지루한 건 아니죠…?"

"아냐. 네가 즐거워 보여서. 설명을 알아들을 수 있으니 좋네.

재미있으니 계속해줘."

얼굴에 잠깐 서렸던 근심을 지우고, 미구엘은 설명을 계속했다. 엘 카스티요는 마야식 우주론을 상징하는 계단식 피라미드로 한 변은 60미터, 높이는 24미터이며, 45도 각도로 되어 있고 동서남북 91개의 돌계단을 합치면 364개, 마지막으로 정상의 신전 제단에 있는 커다란 돌을 합치면 총 365개가 되는 수학적 의미가 담긴 건물이었다. 해마다 낮과 밤의 길이가 같아지는 춘분과 추분이면 해가 지기 직전에 피라미드의 각 모서리에서 거대한 뱀 모양의 그림자가 건물을 타고 내려온다고 미구엘은 덧붙였다.

하늘과 피라미드를 번갈아 쳐다보던 현조는 선글라스 아래로 손을 넣어 눈을 비볐다. 미구엘의 설명을 들으며 피라미드 꼭대기에서 인신 공양이 된 인간의 심장을 꺼내고 머리를 잘라 계단 아래로 던지는 마야인들의 모습을 상상했다. 현조에게 쿠쿨칸의 피라미드와 이 모든 유적지는 밝은 폐허처럼 보였다. 실제로 그 시대를 살았던 사람은 모두 영겁의 시간 속으로 사라지고 흔적조차 없는데, 시간에게 아직 살해당하지 못하고 그저 닳기만 한 이 돌무더기들은 여전히 남아 있고 햇빛을 받아 반짝이며 무언가를 증명하고 있다. 무엇을? 현조는 오른손으로 목을 쓸어내렸다. 어떤 역사와 문화가 스며 있던지 현조는 지금까지도 사라지지 않은 이 돌덩이들을 모조리 깨부숴 먼지로 만들어버리고 싶었다. 하지만 동시에 그것의 존재를 오랫동안 보호하고 감상하고 싶기도 했다. 한참 뙤약볕 아래 서 있던 현조는 앞장서 가던 미구엘이 그녀를 부르고 나서야 투어 일행을 따라 발걸음을 옮겼다.

　스칼렛 리조트 치첸이사 투어의 첫 번째 코스는 피찰 경기장이었다. 하비에르는 해리 포터 퀴디치 경기의 모티브가 되었다던 바로 그 장소로 사람들을 이끌었다. 사방이 돌벽으로 둘러싸인 거대한 직사각형의 경기장. 서서 소리를 지르면 그것이 메아리처럼 울린다는 것을 안 사람들은 너도나도 의미 없는 고함을 질러 그것이 반사되는 것을 듣고 즐거워했다. 하비에르는 경기장 양 벽면에 튀어나와 있어 골대로 짐작되는 도넛 모양의 표시석을 가리키며 열심히 뭔가를 설명하고 있었다. 현조는 하비에르를 흘끗 바라본 뒤 경기장을 둘러싼 벽 쪽으로 발걸음을 옮겼고, 미구엘과 장우산의 그늘이 그녀의 뒤를 따라갔다. 잠깐 꺼 두었던 워키토키를 만지작거리는 현조를 본 미구엘이 다시 그녀에게 말을 건넸다.
　경기장에서 펼쳐졌던 고대 마야인들의 스포츠는 손과 발을 제외한 신체를 사용해서―주로 골반과 무릎, 어깨와 팔꿈치라고 미구엘은 덧붙였다―머리 한참 위에 매달린 표시석(두 마리의 깃털 뱀이 꼬여서 뒤엉켜 원을 만든 것처럼 보였다)에 고무공―해골로 경기를 했다는 이야기도 있다고 그는 또 덧붙였다―을 넣으면 득점하는 식의 경기였다. 해골을 공으로 사용했을 수도 있단 말에 현조가 선글라스 위로 눈썹을 치켜세우자, 미구엘은 고대인들이니까요, 하며 웃었다.

"경기가 끝나면 양 팀 주장 중 한 명의 목을 쳐서 제물로 바쳤는데, 제물의 주인공은 이긴 팀 주장이었어요. 확실하진 않지만, 가장 뛰어난 능력을 갖춘 인간을 제거해 기득권에 위협이 될 요소를 제거한다는 명목이었다는 게 스칼렛 호텔 쪽 가이드의 설명이고…. 또 다른 해석도 있죠."

"또 다른 해석은 누구의 해석인데?"

"형의 친구의 친구가 대학에서 마야 문명으로 박사 학위를 땄는데 그분의 이야기를 전해 들었죠. 들어보실래요?"

형의 친구의 친구라니. 현조는 소리 내어 웃으며 고개를 끄덕였고, 미구엘은 한쪽 벽면으로 현조를 안내했다. 그곳엔 돋을새김이 또렷하게 눈에 띄었다. 부채꼴 모양으로 뻗어나가는 선들 아래에 머리 없는 사람의 몸이 무릎을 꿇고 있었는데 쇄골과 어깨, 가슴을 덮는 장식과 팔, 소매의 화려한 장식으로 보아 중요한 사람 같아 보였다. 잘린 머리 아래에서는 피가 흐르고 있었지만, 목 없는 어깨 위로는 핏줄기가 아닌 수련 줄기와 뱀들이 솟아오르고 있었다.

"옛 마야인들은 물이 흘러와 모이는 곳을 지하 세계라고 생각했대요. 이 수련 보여요? 수련은 물에서 피는 꽃이잖아요? 머리가 잘려 나간 목에서 수련이 피어오른다는 것은 여기가 지하 세계라는 걸 상징한다고 그러더라고요. 그리고 머리가 잘리면 어

**60**

떻게 되나요?"

"죽지."

"그렇죠. 죽은 자는 어디로 가겠어요."

"지하 세계로 가겠지…?"

"마야 문명에서 뱀은 창조의 신이기 때문에 생명의 근원과 풍요를 상징해요. 그리고 이 뱀은 핏줄기 같기도 하죠. 그러니까 뱀은 피를 흘리는 희생과 동시에 생명을 상징하는 거예요. 즉 죽은 자의 피가 새로운 생명이 되는, 희생자가 부활한다는 순환을 암시했다고도 해석할 수 있는 거죠."

"지금 말해 준 것은 왜 하필 머리를 베이는 것이 이긴 팀 주장인지에 대해서는 별로 대답이 되지 않는 것 같은데?"

"그렇네요?… 음, 이건 제 생각인데,"

현조는 미구엘을 바라보았다. 한 손으로 장우산을 들고 짝다리를 짚은 채, 그는 잠시 말을 멈추고 생각에 잠겼다.

"잘린 사람의 머리가 재생의 씨앗을 상징한다고 생각해보세요. 그러면 이긴 팀의 주장 머리를 베는 것도 이해가 되지 않나요? 좋고 훌륭한 씨앗을 뿌려야 좋은 열매를 거둘 수 있을 테니까요."

다른 관광객들이 몰려왔는지 고요했던 주변이 왁자한 소음에 파묻혔다. 한 가이드가 돋을새김을 가리키며 스페인어로 한참을 떠들어댔다. 현조는 말없이 미구엘과 함께 군중 사이에 서 있었다. 관광객 무리가 다음 코스로 우르르 몰려가고 나자 미구엘이 먼저 입을 열었다.

"그래도 역시 죽은 사람 입장에선 억울할 것 같아요. 마야인들은 명예를 중요시했기 때문에 신을 위해 제물이 된 인간 역시 군말 않고 자신의 운명을 받아들였을 거 같긴 하지만요."

이렇게 능력이 있고 훌륭한 사람을 희생시키고 그걸 명예롭게 받아들였다니. 목숨을 내놓을 만큼의 가치가 있다는 것은…. 미구엘의 말을 들으며 현조는 목이 잘린 주장에게서 뿜어져 나오는, 뱀으로 변하는 피 위에 손을 대보았다. 태양의 열기를 오롯이 받아들인 돋을새김의 뜨거움이 손끝에 생생히 느껴졌다. 현조는 이긴 팀 주장이 제물이 된다는 이야기의 그로테스크함에 꽤 흥미를 느꼈다.

"불공평하지 않아요? 명예가 있으면 뭐해. 그다음 명예로운 제물에 의해 잊힐 건데요. 이겼는데, 이런 어려운 시합에서 이길 능력이 있는데 왜 목을 치고 희생시키는지…. 지금으로 치면 월드컵 우승하고 돌아온 치차리토 목을 친 거나 다름없는 거 아니겠어요?"

"미구엘은…."

"나? 뭐요?"

순진하네. 현조는 속으로 중얼거렸다.

"…아, 아무것도 아냐. 아무래도 마야인들의 명예는 종교적인 면에서 우리가 이해하기 어려운 점이 있겠지. 그래도 좀 이해가 가는 부분도 있지 않아…? 그들의 뱀 신이 보상해주리라 믿었을 테니까 말이야. 죽을 만한 가치가 있지 않았을까. 정말 희생할 가치가 있다면 행복하게 고통 속에 자신의 목을 내놓았을 것 같아. 맹목적인 것은 언제나 어리석어 보이긴 하지만, 한편으론…, 그러니까 그런 면에서 더 근사한 점도 있는 것 같아. 적어도 내겐."

단어가 잘 떠오르지 않아서 말을 띄엄띄엄 이어가며 현조는 천천히 말했다. 약간 혼란스러운 표정으로 그녀가 한 말을 곱씹어보는 듯한 미구엘에게 현조는 이어 물었다.

"미구엘이 저 주장이라면 어떨 것 같아?"

미구엘이 웃음을 터트렸다.

"전 싫어요! 죽는다니. 내 목숨만큼 소중한 게 어디 있어요!"

그의 솔직한 대답에 현조는 함께 웃음을 터트렸다. 순간 그의 꾸밈없는 모습과 신중하게 말하는 모습, 그리고 가지런한 이가 환히 보이는 미소가 무언가를 떠올리게 했으나 그 생각을 털어버리려 애썼다. 당신이라면 어떻게 하겠느냐는 미구엘의 되물음에 현조는 "글쎄, 나라면…" 하고 말꼬리를 흐려버렸다. 미구엘은 오묘한 표정으로 눈을 굴릴 뿐, 현조에게 굳이 답을 종용하지 않았다.

미구엘과 함께 장우산을 나눠 쓰고 인신 공양이 이뤄진 세노테나 신전을 보면서, 그리고 치첸이사의 다른 핵심 유적지들을 돌아보면서 현조는 미구엘에게 말했던 자신의 생각을 되새김질했다. 희생. 희생할 만한 가치. 자신의 목숨만큼 가치 있는 것. 현조의 입에서 튀어나온 말은 그녀를 지난 몇 달로 끊임없이 회귀하게 했다. 머릿속을 느릿느릿 맴도는 장면들이 있었다. 그럴 가치는 물론 있었어. 당연하지. 현조는 스스로 설득하듯 되뇌며 손목의 시계를 손끝으로 톡톡 두드렸다. 그리고는 미구엘과 어깨를 맞댄 채 계속 걸었다.

**4**

두 개의 남자,

뿌리 깊은 느티나무,

관찰하는 여자

그는 사랑하는 사람이 생겼다고 말했다.

잔인하게도 현조에게 처음으로 좋아한다고, 진지하게 만나보자고 고백했던 그 장소에서였다. 와인 잔 옆에 깍지를 낀 채 올려놓은 손은 여전히 뼈마디가 도드라졌고 커다랬다. 나의 어떤 점이 좋으냐고 묻자마자 웃었던 미소와 자신의 손 위에 조심스레 포갰던 손의 따뜻한 온도를 현조와 그녀의 피부는 잊지 않고 있었다.

도훈은 다시 한번 현조에게 사랑을 고백했다. 두 사람이 만난지 일 년이 조금 지났을 무렵이었다. 지난번과 다른 점이 한 가지 있다면 그 사랑의 대상이 현조가 아니라는 것이었다. 도훈은 그 여자를 와인 숍에서 만났다고 했다. 그녀는 도훈이 현조와의 일주년을 기념할 와인을 사러 간 곳에서, 도훈과 현조가 한 해 동안의 만남을, 그사이 쌓아 올린 사랑을 축하하기 위해 마실 와인을 골라주었다. 현조는 그 레드 와인을 기억했다. 진득한 달콤함과 쌉쌀함, 벨벳 같은 감촉의 와인, 연인들을 위한 아마로네를. 간결하고 클래식한 디자인의 레이블, 그와 반대되는 화려하고 풍성한 레이어의 맛과 향을 기억했다. 도훈 역시 그 맛을 잊지 않았고, 다시 와인 숍을 방문했다. 그 여자는 그곳에 있었고 자신의 일을 했다. 그녀는 도훈에게 와인을 골라주었다. 도훈은 그 와인을 그녀와 마셨다고 현조에게 나지막이 말했다.

머그컵을 내려놓는 현조의 손이 떨렸다. 도훈이 손을 감싸 쥐려 하자, 현조는 그의 팔을 쳐냈다.

"손대지 마."

현조는 이를 악물고 말했다. 옆 좌석에 앉아 토익책을 보던 남자가 두 사람을 흘끗거렸다. 아직 11월밖에 되지 않았는데 이른 크리스마스 캐럴이 카페에 흐르고 있었다. 아무 말 없이 한참을 앉아 있던 현조가 도훈에게 물었다.

"헤어지자는 거야?"

"…내가 묻고 싶은 말이야."

"무슨 소리야?"

도훈은 머그잔을 만지작거렸다. 즉시 대답하지 못하고 머뭇거리는 그를 보며, 현조는 그가 잠깐의 실수라고 말하길 간절히 바랐다. 이 모든 상황이 거짓말이길 기도했다. 여전히 현조를 사랑한다는 도훈의 대답에 눈을 질끈 감았다. 가슴에서 튀어 올라오는 수많은 질문이 목에서 턱 막히는 것 같았다.

"자기와 헤어지고 싶지 않아…."

현조는 도훈을 바라보았다.

"…하지만,"

도훈이 불길한 단어와 함께 입을 열었다. 시선은 여전히 식은 커피에 머무른 채로. 현조는 숨을 크게 들이마셨다. 현조를 사랑하지만, 그 여자도 사랑해서 놓을 수가 없다는 것이 그가 장황하게 늘어놓은 말의 요지였다.

옆자리에서 토익을 공부하던 남자가 귀에서 이어폰을 슬쩍 뺐다. 현조는 물었다. 어떻게 사랑하는 마음이 두 개로 나눠질 수 있느냐고. 도훈은 고개를 들었다. 그는 이제 현조를 똑바로 바라보기 시작했다. 현조를 사랑하는 마음이 줄어든 것이 아니라 그 여자를 사랑하는 마음이 하나 더 생겨났다고 그는 말했다. 그 여자를 사랑하는 마음과 현조를 사랑하는 마음은 완전히 다른 종류의 것이기 때문에 현조와 그 여자, 둘의 존재가 그의 두 마음에 서로 영향을 줄 일은 전혀 없다고, 현조를 더 사랑한다고, 그러나 그 사람 역시 사랑하고 그것을 숨기고 싶지 않았다는 도훈의 말이 이어졌다.

현조는 자신이 앉은 의자 팔걸이의 아랫면을 손톱으로 톡톡 건드리다가 무언가 손끝에 걸리는 것을 느꼈다. 점점 차분해지는 목소리로 명료하게 이야기를 풀어가는 도훈을 보며 팔걸이 아랫면에 일어난 그 나무 거스러미를 손끝으로 만졌다. 도훈에게 시선을 고정한 채 거스러미를 손톱으로 긁자 작게 거슬리는 소리가 났다. 톡. 톡. 현조와 헤어지고 싶지 않고 그녀를 너무 사랑하지만, 그렇기 때문에 자신은 현조의 선택에 모든 것을 맡기는 것이 옳다 생각한다고 도훈이 말했다. 톡. 톡. 한 번에 한 사람 이상을 사랑할 수 있는 사람. 자신도 스스로가 그런 사람일 줄 몰랐다고 그는 계속 말했다. 그러나 이 상황을 이해해 달라고 감히 자기가 부탁할 수는 없다고 덧붙였다. 톡. 토독. 거스러미가 길게 팔걸이로부터 일어나자 현조는 그것을 손끝으로 잡고 천천히 팔걸이에서 떼어 냈다. 얇고 긴 조각이 바닥에 떨어졌다. 팔걸이 아랫부분에는 딱 그 거스러미만큼의 홈이 팼고, 그것이 떨어져 나간 자리에는 뾰족하게 솟아오른 가시가 남겨져 있었다. 현조의 시선은 여전히 도훈에게 머물러 있었다. 그가 현조에게 제시한 답안지는 얼핏 두 개로 보였지만, 그녀는 자신에게 선택의 여지가 없다는 것을 알고 있었다. 당연히 끝내야 할 관계라고 생각했다. 그러나 이성적인 판단을 내리려 할 때마다 파도처럼 과거의 기억들, 어제의 행복들이 밀어닥쳤고, 종국에는 동해에서의 하루가 떠올랐다. 현조의 마음에서 자주 되풀이되던 바다에서의 장면들이.

　계획 없이 동해로 여행을 간 적이 있었다. 일요일 아침 일찍 만나 조조 영화를 본 뒤에 일어난 일이었다.
　영화는 끔찍하게 지루했지만, 밖은 형체를 잃고 녹아내릴 것처럼 더웠기 때문에 두 사람은 엔딩 크레디트가 모두 올라갈 때까지 텅 빈 영화관에 앉아 있었다. "정말 재미없지 않았어?", "해변에서의 씬은 그래도 좋았잖아! 아, 바다 너무 가고 싶다", "이 영화 자기가 골랐으니 점심은 맛있는 거 사야겠는데?" 따위의 대화를 키득거리며 주고받았다.

"근데 있지. 나 요즘 정말 지친다? 마음 같아선 모두 다 그만두고 쉬고 싶어."

찰나의 정적이 흐르던 순간, 불쑥 현조가 내뱉듯 말했다. 예상치 못한 소리에 깜짝 놀란 도훈의 눈을 보자 현조는 얼굴이 홧홧하게 달아올랐다. 곧 그녀는 아무것도 아니라고, 아무 말이나 한 거라고 얼버무렸다.

도훈을 만나고 현조 삶의 색채는 다채로워진 반면 어두운 곳역시 더 짙어지고 있었다. 여러모로 능력도 뛰어나고, 일도 더 잘하고 많이 하는 자신이 매번 승진에서 밀려나는 것은 기운이 빠지는 일이었다. 현조는 말뿐만이 아니라 제대로 된 보상을 통해서 능력을 인정받고 싶었다. 상대방이 더 능력 있는 직원이었다면 그나마 속이 덜 상했겠지만, 현조와 비교할 수 없을 만큼 부족한 사람들이 연이어 높은 직급을 달았다. 그들이 현조와 다른 점이 있다면 오직 성별 하나뿐. 담배를 피우는 여유 시간이라든가 몇 차례씩 이어지는 회식을 팀장과 이사와 함께 즐기는 자들. 그러나 현조는 이런 말을 타인에게(연인이나 친구, 가족을 포함한) 해본 적이 없었다. 물론 도훈에게 회사의 고민을 가끔 말하기는 했으나, 모두 다 그만둬버리고 싶다는 깊은 마음의 어두움까지 말한 적은 없었다. 직장인이라면 당연하게도 생각하고 말해볼 법할 말이지만, 현조는 누구에게도 그런 말을 한 적이 없었다. 그만두고 싶다, 때려치우고 싶다, 쉬고 싶다는 말을 생각하는 것만으로도 자기 삶 하나 건사하지 못하고 징징거리는 나약한 인간이 되는 것 같았고, 그것만큼은 죽기보다 싫었다.

현조는 도훈의 손을 잡고 뭐라도 먹으러 가자며 자리에서 일어섰다. 그러나 도훈은 일어서지 않았다. 말없이 그녀의 손을 당겨 도로 자리에 앉히고 말해보라는 듯 가만히 기다렸을 뿐이었다. 자신을 괴롭혀오던 고민과 깊은 마음의 고통을 들어주는 도훈의 눈빛을 보던 현조는 곧 깨달았다. 도훈을 만나고 난 뒤, 오랫동안 자신에게 달라붙어 있던 불면증이 최근 조금씩 사라지고 있다는 것을. 시간에 못 이겨 겨우 풋잠이 들 때까지 책을 읽던 것이 벌써 몇 주 전이었다는 것을. 게다가 현조의 몸무게는 태어나 처음으로 50이라는 숫자를 넘어섰다. 그녀는 도훈이 꼭 쥐고 있는 자신의 팔뚝을 바라보았다. 나뭇가지처럼 앙상해서 한여름에도 짧은 소매의 옷은 꺼렸는데, 자신이 슬리브리스를 입고 있다는 것이 새삼 놀라웠다. 지친 일상을 공유하는 것이 나약함을 의미하지 않는다는 것, 들어준다는 행위 자체가 위로된다는 것. 현조는 그런 다정한 색채가 어두움을 견디게 해주는 힘이라는 것을 이젠 알 것만 같았다.

"밥은 됐고, 우리 바다나 갈까?"

영화관에서 나오자마자 도훈이 말했다. 계획에 없는 행동을 하는 것은 현조답지 않은 행동이었지만, 도훈의 얼굴을 보고 있자니 왠지 그래도 될 것 같다는 확신이 들었다. 현조는 월요일 연차를 신청했다. 다급히 짐을 챙겨 서울을 떠나며 두 사람은 리조트를 예약했고, 숙소에 도착하니 오후 세 시가 조금 넘어 있었다. 짐을 부려 놓은 뒤 사람이 많지 않은 해변을 찾기로 했다. 해안도로를 잠시 달리다 보니 허름한 민박집과 오래된 슈퍼마켓이 전부인 작은 동네에 멈춰 섰다. 수평선을 향해 이어진 짙푸른 바다와 그 시작을 덮쳐오는 새하얀 포말. 현조는 신이 나서 바다로 뛰어들었다. 그들이 도착한 해변은 큰 바위가 여기저기 솟아 있었고 수심이 깊어 초보자들이 수영하기에 썩 적합한 곳은 아니었지만 현조는 개의치 않았다. 불면증에도 불구하고 매일같이 새벽 수영을 다닌 지 10년이 다 되어가던 차였다. 근처를 지나던 주민이 해변에 풀어 키우고 있는 전복 새끼만 건드리지 않는다면 마음껏 바다에서 놀아도 좋다고 알려 주었다.

백사장에 주저앉은 도훈은 어디서 가져왔는지 덩치에 어울리지 않는 핫핑크색 홍학 튜브에 열심히 바람을 넣고 있었다. 크게 부풀어 오른 홍학을 끼고 물에 들어온 그는 천천히 현조에게 다가왔다. 현조는 그의 모습이 귀여워 막 웃다가, 수영할 줄 모르느냐고 그에게 물었다. 도훈은 웃으며 고개를 저었다. 어려서 바다에 빠진 적이 있는데 그때부터 바다 수영만이 좀 꺼려질 뿐이라고 했다. 순간 장난기가 동한 현조는 그의 튜브를 끌어당기며 더 깊은 바다로 나아갔다. 수면 위로 머리만 내놓고 몸통은 물 아래에 숨겨둔 빙산 같은 바위를 찾아냈다. 그는 새파랗게 질린 얼굴로 바위의 튀어나온 부분을 움켜쥐고 기어 올라가 바위 위에 앉았다. 처음 보는 도훈의 겁먹은 표정에 현조는 당황했다. 이렇게까지 무서워하는 줄 몰랐다고 사과하며 다시 뭍으로 돌아가자는 현조에게 도훈은 "아냐. 여기 앉으니 좀 나아. 시원하기도 하고. 자기 노는 거 보고 있을 테니 나중에 뭍으로 나갈 때 잘 데리고 나가줘" 하고 웃으며 답했다.

현조는 바위에 기어 올라갔다가 물속으로 다이빙하기를 반복했다. 바닷물이 맑아 마치 아쿠아리움의 대형 수족관 안에서 헤엄치는 것 같았다. 도훈에게도 아름다운 바닷속을 보여주고 싶었지만, 그가 워낙 겁을 내 차마 권할 수가 없었다. 얼마 지나지 않아 파도가 높아지고 바람이 세게 불기 시작해 현조와 도훈은 해변으로 돌아갔다. 바다에서 나오는 내내 튜브를 꽉 쥐고 뻣뻣하게 굳은 도훈을 보며 현조는 다시 한번 그에게 사과했다. 바다 수영을 이렇게 무서워하는데 자신을 위해 바다에 와준 것이 고마웠고 미안했다.

도훈이 물과 간식, 비치 타월을 가지러 차로 간 사이였다. 벌써 물 밖으로 나가야 한다니 아쉬웠던 현조는 차를 먼 곳에 대는 바람에 시야에서 사라진 도훈을 확인하고는 다시 바다로 들어갔다. 대신 멀리 나가진 않고 가까운 바위 근처에서 홀로 헤엄을 쳤다. 물살은 조금 셌지만 버틸 만했다. 현조는 코를 쥐고 잠수해 바위에 매달린 해초의 흔들림을 보기도 하고, 이리저리 몸을 비틀며 장난을 쳤다.

물살에 휩쓸린 것은 순식간이었다. 당황하면 이성적 판단이나 생각이 되지 않음은 물론, 신체가 마비되어 버린다는 것을 현조는 그때 깨달았다. 팔다리는 제멋대로 허우적대며 말을 듣지 않았고, 코와 입으로 바닷물이 무자비하게 밀려들어 왔다. 공포로 사지가 뻣뻣해질 무렵 뭔가가 현조의 뒷덜미를 강하게 잡아챘다. 그녀는 자신의 몸이 어디론가 사정없이 끌려가는 것을 느꼈다. 몸에서 힘을 빼란 외침이 멀리서 미약하게 들려왔다. '입과 코로 밀려드는 바닷물에 숨이 너무 가쁜데, 힘은 어떻게 빼는 거지.' 물속에서의 마지막 생각이었다.

현조가 눈을 떴을 때 가장 먼저 보인 것은 도훈이었다. 현조는 도훈이 건네는 비치 타월을 몸에 두르고, 덜덜 떨며 물을 마셨다. 짜게 말라버린 입을 맹물로 축이는 현조의 시선은 계속 도훈에게 머물러 있었다. 바다 수영을 두려워하는 그가 방금 한 행동이 얼마나 위험한지 화를 내고 싶었다. 그러다가 그의 어깨를 보았다. 피와 모래로 뒤범벅이 된 오른쪽 어깨와 등. 현조는 소리를 질렀다. 손에 쥔 물을 그 위에 붓자 따가움에 도훈이 아파 몸을 떨었다. 피와 모래가 씻겨 나간 자리엔 깊고 길게 패인 상처가 있었다. 현조는 깨끗한 수건을 도훈의 상처 부위에 두르고 누르며 지혈을 시도했다. 그리고 도훈을 부축하며 자신도 자리에서 일어서려 했다. 그러자 도훈은 현조를 붙들었다. 병원에 가야지 뭐 하는 거냐고 언성을 높이는 그녀를 조심스럽게 타월 위에 도로 앉혔다.

"괜찮아."

그는 울고 있었다. 도훈의 어깨가 눈에 띄게 들썩였다. 젖은 머리에서는 바닷물이 떨어졌고, 큰 눈에서는 눈물이 방울져 현조의 목덜미로 떨어지고 있었다.

"두 번 다시 그런 위험한 짓 하지 마. 제발."

도훈은 마치 힘을 주면 깨질 유리병을 다루듯 그녀를 조심스레 감싸 안았다. 현조는 그의 어깨에서 손을 떼고 떨고 있는 그의 너른 등을 꼭 끌어안았다. 해가 지며 바다 근방의 하늘을 핏빛으로 물들이고 있었다.

남자가 우는 모습은 처음이었다. 이전에 만난 남자친구들은 대부분 힘들거나 슬픈 것을 현조에게 드러내길 꺼렸고, 그것은 그녀의 아버지나 오빠도 마찬가지였다. 그들은 우는 것을 마치 자신의 치부를, 가장 밑바닥을 드러내는 것처럼 여겼다. 현조 자신도 누군가 우는 것은 약한 모습을 보이는 것으로 생각해 그다지 보고 싶어 하지 않았다. 그러나 도훈의 우는 모습은 현조 마음속의 무언가를 풀어버렸다. 바다가 무서워 떨던 도훈의 모습이 병원을 데려가야 한다는 생각을 잠시 잊게 했다. 그런 그가 이렇게 큰 상처를 내가며 자신을 위해 희생했다니. 고개를 돌리자 언제부터인가 그녀만 바라보고 있던 도훈과 눈이 마주쳤다. 순간 현조는 얼음장 같던 몸에 열기가 도는 것을 느꼈다. 머리가 뜨거웠고 텅 빈 듯이 멍해졌다. 현조는 지금껏 타인을 위해 자기를 망설이지 않고 희생하는 사람의 이야기는 TV에서나 나오는 거라고 여겼다. 그녀를 위해서 목숨까지 버릴 수 있는 사람을 연인으로 만나리라고는 꿈에서도 생각해본 적이 없었다. 그것은 상당한 용기가 있어야 하는 것이었고 용기란 단단한 내실에서 나올 수밖에 없는 것이었다.

도훈은 추위와 놀라움으로 멈춰버린 현조의 얼굴을 두 손으로 감쌌다. 현조는 눈앞이 흐릿해지는 것을 느끼며 도훈의 뺨을 만졌다. 엄지로 그의 눈을, 입술을, 두 뺨을 쓸었다. 그녀는 싸늘해진 바닷바람과 찬 공기에 감사했다. 덕분에 자신의 몸이 더 뜨겁게 그를 끌어안고 싶게 했으니까. 현조는 그 이후로도 붉은빛 노을을 등진 커다란 덩치의 도훈이, 한쪽 어깨에 커다란 상처가 난 채로 무방비하게 우는 모습이 얼마나 무해하고 아름다웠는지, 동시에 얼마나 든든하고 힘이 되었는지, 그런 그가 자신을 위해 무엇을 했는지 절대 잊지 않았다. 잊을 수 없었다. 그 모습이 얼마나 그를 소유하고 싶다는 갈증을 불러일으켰는지도.

두 사람은 해변에서 사랑을 나눴다. 그날 이후, 도훈은 현조에게 유일무이한 존재가 되었다. 어디에 섞여 있든 한눈에 알아볼 수 있는 사람. 어깨에 남은 지워지지 않을 상처는 현조를 향한 사랑의 흔적이고 뿌리였다. 도훈은 현조의 빛나는 보물. 그 깊은 뿌리로 결코 흔들리지 않을, 태초부터 있었을 것 같은 커다란 느티나무. 도훈은 현조가 온전히 그녀 자신이게 해주는 지지대로서 기댈 수 있는 사람이었고 현조를 위해서라면 스스로 찍혀져 나가는 것도 선택할 나무였다. 그래서 모든 것을 망가트린 그 고백을 듣고도 현조는 자기 손으로 도훈을 잘라낼 수 없었다. 그녀 안에 너무 깊숙하게 박혀버린 느티나무의 뿌리들 때문에 그 뿌리를 찍어내는 동시에 자기 자신도 파괴될 것을 알았기에.

현조는 마른침을 계속 삼켰다. 동해의 파도 소리, 그의 눈물, 피가 흐르던 긴 상처가 눈앞을 스쳤다. 그 상처는 여전히 도훈의 오른쪽 어깨에 있을 것이고, 앞으로도 영원히 그곳에 남아 있을 터였다. 현조는 거스러미가 떨어져 나가고 남은 홈을 반복적으로 쓰다듬었다. 그리고 그 끝에 남은 뾰족한 가시를 손끝으로 꾹 눌렀다. 살갗을 찢고 가시가 그녀의 피부 아래 파고드는 것을, 뜨거운 어떤 것이 손에서 흘러 나가는 것을 느끼며 현조는 도훈에게 그가 원하는, 그녀가 결코 말하고 싶지 않았던 답을 주었다.


도훈의 약속처럼 두 사람의 만남에 변한 것은 없었다. 만날 때나 연락을 주고받을 때 현조는 언제나처럼 다정한 그녀의 연인을 확인했다. 자신을 대하는 그의 섬세하고 다정한 모습에, 그와 나누는 즐거운 대화에, 그의 품속으로 파고드는 순간에, 입 맞추는 순간에, 현조는 여느 때처럼 행복했다. 그러나 자신의 기쁨을 깨닫는 순간은 미지의 여자라는 상상력을 발현시켰다. 자신의 자리에 함께하는 한 여자. 키가 큰 자신과 달리 아담한, 비쩍 마른 자신과 달리 글래머러스한, 할 말은 꼭 해야 하고 자주 흥분하는 자신과 달리 자신을 숨길 줄 알고 침착한, 짙은 화장을 하는 자신과 달리 자연스러운 얼굴의 매혹적인 여자를.

　도훈을 만나고 사라졌던 현조의 지독한 불면증은 금세 되살아
났다. 그와 만나고 난 날, 혹은 그다음 날이면 현조는 침대 위에
서 몸을 비척이며 뜬눈으로 밤을 지새웠다. 그러나 현조는 그 미
지의 여자를 미워할 수 없었다. 문제의 범위를 자신과 도훈에게
서 확장해 그 여자까지 포함할 수는 없었다. 그러고 싶지 않았다.
오로지 자신과 도훈만의 문제라고 그녀는 밤새 중얼거렸다. 그
러나 이 주를 그렇게 보낸 뒤, 현조는 결국 그녀가 일하는 곳으로
찾아갔다. 그 여자를 찾아서 화를 낸다든가 싸우려는 의도는 없
었다. 그저 한번 보고 싶다는 생각뿐이었다. 도훈이 잠든 사이 뒤
져본 그의 휴대폰에서 그 여자의 사진을 지나가듯 본 적이 있었
으므로 그녀를 금방 알아보리라 자신했다. 현조는 입사하고 처
음으로 회사에 병가를 냈다. 거짓말하는 것이 영 찝찝했지만, 병
가는 현조가 쓸 수 있는 가장 정확한 사유였다.

　그 여자가 일한다는 와인 숍 근처를 기웃거리던 현조는 맞은
편에 있는 카페를 발견했다. 그리고 그곳 창가에 자리를 잡고 앉
아 온종일 숍을 바라보았다. 그곳엔 가게를 열고 청소하는 여자
가 있었다. 단발머리, 왼쪽 손목의 클래식한 갈색 가죽 시계, 크
림색 팬츠에 연한 스트라이프 셔츠, 그 위에 회색 니트를 걸치고
옥스퍼드 슈즈를 신은 부드러운 인상의 여자. 군더더기 없이 깔
끔하고 세련된 느낌이라고 현조는 생각했다. 그리고 계속 그녀
를 보았다. 웃는 모습, 집중해서 뭔가를 계산하는 모습, 손님에게

와인을 권하며 대화하는 모습, 가게 앞에 나와 담배를 피우며 누군가와 통화하는 모습. 현조는 커피를 마셨다. 주문한 후 손도 대지 않아 완전히 식어버린 커피는 시큼하고 쓴맛이 감돌았다.

점심 무렵, 현조는 와인 숍으로 들어가는 한 익숙한 실루엣을 발견했다. 그녀가 잘 아는 옷, 그리고 체형. 현조는 로맨스 영화를 보듯 잘 어울리는 한 쌍의 연인을 구경했다. 눈 깜박이는 것조차 잊은 듯 두 사람을 빤히 바라보던 현조의 눈시울이 곧 붉어졌다. 두 사람이 가게 밖으로 나와 하하 웃으며 사라지는 걸 본 뒤에야 숨을 쉴 수 있었다. 현조는 커피를 물 마시듯 마셨고, 가슴 위에, 목덜미에 손을 얹고 힘들게 호흡했다. 그리고 그날 밤 문을 닫을 때까지 카페를 떠나지 않고 다시 돌아온 여자를 유심히 보았다. 그 여자가 시야에서 사라지면 휴대폰을 켜 그녀의 SNS를 찾았다.

그 후 현조는 대범하게도 종종 그 숍을 방문했다. 와인을 살피며 그 여자의 부드러운 말투와 느린 템포의 화법과 대화를 엿들었다. 그리고 그 여자의 명함을 가져왔고, 결국 찾아낸 그녀의 인스타그램 계정에 매일 들어가 하루를 보았다. 기분에 따라 한남동의 초밥 가게와 용산의 돼지국밥집에 가는 것을 보았고, 쉬는 날이면 방문하는 카페들을 보았다. 그녀가 마가렛호웰과 미국의 빈티지 숍에서 셔츠 사는 것을 좋아하고, 띠어리와 더 로우의 옷을 즐겨 입는 것을 알았다. 톰 포드의 묵직한 나무 향, 혹은 가죽 향을 즐겨 사용하고 와인 셀렉 숍에서 일하지만, 사실은 사케를 더 즐겨 마신다는 것도 알았다. 망상과 상상에 현실적인 세부 요소가 가미되면서 현조의 불면증은 점점 더 심해졌다. 두 눈은 하루가 멀다 하고 실핏줄이 터졌다. 다리와 얼굴은 밤낮으로 부었고, 위경련과 위염으로 병원을 찾는 일이 잦아졌다. 현조는 예전처럼 빠르게 회사 업무를 처리하지 못했고, 집중력이 자꾸 떨어져 종종 주변 사람의 우려 섞인 경고를 듣기까지 했다. 도훈은 그 고통의 근원에 자신이 있다는 것을 알았지만, 그가 주어야 할 단 한 가지의 답을 제외한 모든 위로와 도움을 제공했다. 어느 순간부터 현조는 그 모든 것을 기쁘게 견뎌내고 있었다. 그녀가 알아낸 세부 요소들이 자신에게 어떤 해결책을 제공해주었기 때문이었다.

**5**

모르는 남자,

사랑하는 남자,

모르는 여자

"자기에게서 나무 향이 나."

현조의 뒤편에서 허리를 끌어안고 어깨에 얼굴을 묻은 채 도훈이 중얼거렸다. 현조는 자신의 머리를 그의 머리에 살짝 기댔다. 도훈의 손 위에 자신의 손을 천천히 겹치며 뜸을 들이던 현조는 뒤늦게, "그래?" 하고 답했다.

"새로 산 향인가?"

도훈의 따뜻하고 큰 손이 새로 산 셔츠 아래로 천천히 들어왔다. 그는 읊조리듯 그녀의 귀에 속삭였다. 살아 있는 모든 것들이 동면에 빠진, 혹은 숨을 잃어버린 한겨울의 눈밭에서 홀로 견디며 서 있는 자작나무를 말했다. 그의 손은 그녀의 셔츠 단추를 하나하나 풀었고 말라서 뼈가 드러난 쇄골과 어깨에서 그 옷을 벗겨냈다. 하얀 세상에서 자작나무를 구별할 수 있는 것은 그곳과 어울리지 않는 자작나무의 초록빛 잎과 그것이 내는 냄새 때문일 거라고 말했다. 그의 손은 그녀의 가슴을 부드럽게 감싸 쥐었고, 입술은 천천히 그녀 목덜미의 맛을 보고 있었다. 현조가 나지막이 웃었다.

"내가 그 나무인 거야?"

"요즘의 자기는, 그래…."

부드럽고 느린 속도로 묻는 현조에게 대답하며 도훈은 한 손으로 그녀의 허리를 감쌌다. 남은 한 손은 현조의 새 크림색 바지 지퍼를 열었고, 살이 자꾸만 빠져가는 마른 허벅지 위로 내려갔다. 따뜻한 입술의 감각이 어느덧 등으로 이어졌다. 현조는 천천히 침대 위에 엎드렸다. 마치 절을 하듯 두 손을 포갰고, 그 위에 이마를 댔다. 그러자 그녀의 등 피부 아래로 척추와 갈비뼈의 윤곽이 드러났다. 그는 입술 대신 손가락으로 그녀의 등을 천천히 어루만졌다. 그런데 현조는 문득 등 위로 무언가 톡, 떨어져 흐르는 것을 느꼈다. 몸을 일으켜 시선을 뒤로 돌리자 도훈은 그녀의 등을 바라보며 울고 있었다. 이렇게 마를 정도로 견디는 거냐고 그가 물었고, 현조는 일어나 그와 마주 보고 앉았다. 현조는 그의 뺨에 손을 올려 눈물을 닦아주었다.

"미안해."

그가 중얼거렸다. 현조는 한참 그의 얼굴 위에 손을 얹고만 있었다. 미안하다면….

현조의 입술은 어떤 말들을 흘려보내기 위해 살짝 벌어졌으나, 도훈이 눈치채기 전에 도로 닫혀버렸다. 수많은 단어와 문장과 비명이 점점 쪼그라드는 그녀의 육신 안으로 다시 자취를 감췄다. 현조는 마른침을 삼켰다. 자신이 말하지 않아도 먼저 도훈이 무언가 말해주기를 기다렸다. 잠깐, 이 모든 것을 끝낼 수 있는 말들이 있었다. 정적. 숨을 천천히 내쉬자 현조의 어깨가 아래로 떨어졌다. 현조는 괜찮다는 말도, 사랑한다는 말도, 혹은 다른 그 어떤 말도 하지 않았다. 여러 감정이 담긴 다양한 사랑 고백이 도훈의 입에서 나오는 것만을 들었고, 충분하다는 생각이 들었을 때 그의 얼굴을 끌어당겨 입을 맞췄다. 현조는 다시 침대 위에 엎드려 손등에 얼굴을 묻었다. 도훈이 그녀 등 위로 드러난 나뭇가지 하나하나에 입술을 대자, 눈을 감았다. 벌어진 그녀의 입술 사이로 안도의 숨소리가, 충족된 숨소리가, 만족한 숨소리가 그리고 아주 작은 울음과도 같은 숨소리가 뒤섞여 흘러나왔다.

그날 이후 현조는 와인 숍에 가는 횟수를 조금씩 줄였다. 그 여자를 알아보고 확인하는 일을 멈춘 것은 아니었다. 단지 그녀에게 이제 자신을 좀 덜 노출하고 싶은 것뿐이었다. 현조는 종종 도훈의 휴대폰을 엿보며 그 여자의 흔적을 찾아보았다. 그리고 인스타그램에 신원을 전혀 파악할 수 없을 만한 계정을 만들어 그 여자를 팔로우한 뒤 늘 그녀의 일상을 학습했다. 그 여자가 애용하는 브랜드를 익혔고, 스타일을 조금씩 바꿔 나갔다. 방문했던 카페나 레스토랑을 직접 가보기도 했다.

우연히 그 여자와 마주쳤던 날도 그랬다. 창경궁 근처의 카페였다. 미니멀한 실내 디자인이 근사해 보이기도 했지만, 그 여자가 커피 맛이 훌륭하다고 극찬을 해둔 것 때문에 현조는 친구와 함께 그곳을 찾았다. 도훈이 출장으로 한국에 없던 주말이었다. 커피를 주문한 현조가 화장실에 갔을 때, 입구를 등진 채 거울을 보는 그 여자가 있었다. 현조는 깜짝 놀라 변기가 있는 칸으로 들어가 버렸다. 다행히 그녀는 현조를 보지 못한 것 같았다. 그녀가 나가는 소리가 들린 뒤에야, 현조는 문을 열고 나왔다. 그리고 거울 앞에서 찬물로 손을 씻고, 새빨개진 손을 얼굴에 갖다 댔다. 카페를 나가야 하나, 고민하며 몸을 돌리려던 순간 익숙한 물건이 하나 현조의 눈에 띄었다. 갈색 가죽 줄의 손목시계. 처음 그 여자를 봤던 날, 와인 숍에 방문해서 그 여자를 볼 때마다 그리고 인스타그램에 올라오는 사진마다 그녀의 손목에 항상 있었던 바로 그것.

현조는 시계를 노려보았다. 그녀는 오른손을 뻗어 시계를 집어 들고 주먹으로 터트릴 듯 꽉 쥐었다. 그리고 바닥에 내리꽂으려는 듯 주먹을 높게 쳐들었다. 문득 현조는 거울을 보았다. 더로우의 풀오버와 크림색 팬츠를 입고 포니테일을 한 채 평소 쳐다보지도 않던 스타일의 새 가죽 로퍼를 신은 자신을. 오른팔이 스르르 내려왔다. 시계를 빤히 보던 현조는 그것을 자신의 왼쪽 손목에 채웠다. 시계는 손가락 하나 반이 들어갈 만큼 컸다. 현조는 다시 거울을 보았다. 어떤 것이 완성되었다는 생각이 들었다. 동시에 거울이, 그 속의 자신이 모두 부서지고 깨져 조각나는 것 같았다. 그 소리가 들려오는 것 같았다. 현조는 거울 속 자신이 찬 손목시계를 보았다. 그녀는 어색하게 웃어 보았다. 내일이면 도훈이 돌아올 것이다. 얼마 전 도훈과 만난 것을 생각했다. 그와의 섹스를, 그와의 대화를, 그와의 모든 것을 떠올렸다. 마음을 지켜내고 갖기 위해서라면, 그를 위해서라면 얼마든지 버텨내고 견뎌낼 수 있는 것들이었다. 그래야만 했다. 뭔가 결심한 듯 현조는 비뚤어진 듯한 옷매무새를 바로잡았다. 풀오버 니트의 밑단을 바지에 조심스레 넣었고, 넥 부분을 같은 높이로 맞췄다. 머리를 다시 묶으며 삐져나온 것들을 원상태로, 그것들이 있어야 하는 상태로 돌려놓았다. 풀오버의 소매는 길었다. 그녀는 마지막으로 왼팔 소매를 내렸다.

현조는 천천히 화장실 문을 열고 나갔다.

# 6

우물 파는 남자,

바라보는 여자,

흰 새매의 세노테

치첸이사에서의 일정이 끝난 뒤 스칼렛 리조트 관광객들을 태운 버스는 근처 마을 바야돌리드의 광장에 멈춰 섰다. 가이드들의 인솔에 따라 사람들은 줄을 서서 광장 근처의 한 식당에 갔다. 각종 콩 요리와 닭, 돼지, 소를 포함한 고기 요리, 새콤달콤한 소스로 버무려진 몇 가지 종류의 샐러드, 소스, 나초와 토르티야, 빵 그리고 음료가 네 줄로 늘어서 있었다. 작은 이 인용 테이블에 미구엘과 함께 앉자, 바로 옆 테이블에서 또 한 번 익숙한 목소리가 들려왔다. 옆방의 영국인 커플 데이빗과 캐런이었다. 데이빗은 수박과 망고, 샐러리와 오이 따위를 한 접시 가득 채워와 물한 잔과 함께 캐런 앞에 내려놓았다.

"아침부터 너무 고기만 먹었어. 좀 균형 있게 먹어. 게다가 여기 주스는 완전 설탕 덩어리야. 차라리 물을 마셔."

캐런은 데이빗의 말에 고개를 끄덕이고 그를 바라보며 미소

지었다. 하지만 얼마 지나지 않아 그녀의 시선은 데이빗 어깨 너머의 남자가 먹는 고기 소스가 듬뿍 담긴 타코와 데이빗의 얼굴을 오갔다. 두 사람의 모습을 보며 현조는 과카몰레를 바른 나초와 생채소를 몇 입 먹었다. 같은 테이블에서 식사하는 미구엘을 기다리며 모히토를 한 잔 비우고, 하비에르가 그토록 맛있다고 떠들어대던 멕시코 원두로 내린 에스프레소도 마시자 접시를 깨끗이 비운 미구엘이 다음 장소로 가지 않겠느냐고 물어왔다. 두 사람은 자리에서 일어섰다.

미구엘이 안내한 곳은 투어의 마지막 코스인 세노테였다. 현조와 미구엘은 리조트 투어 일정에서 정해준 시간보다 일찍 레스토랑을 나와 바야돌리드의 동네 한가운데 있는 세노테인 싸씨 세노테로 향했다. 수중 사진사라는 본업과 밀접하게 얽힌 곳이었으므로 미구엘은 세노테에 대해 하비에르보다 더 많은 것을 현조에게 알려줄 수 있었다.

어둡고 좁은데다 축축한 이끼가 껴 미끄럽기까지 한 동굴 길을 조심히 걸어가며 현조는 미구엘의 설명에 귀를 기울였다. 걸음을 내디딜 때마다 물비린내와 이끼의 눅눅한 냄새와 높은 습도가 온몸을 둘러쌌다. 칸쿤이 있는 유카탄반도에 등록된 세노테는 수천 개로 알려졌지만, 여전히 발견되지 않은 세노테도 많이 있다고 미구엘은 설명을 시작했다. 유카탄반도는 주로 석회암으로 이루어져 있어서 계곡이나 강이 없고 물이 지하수맥으로 흐르는데, 오랜 세월 약해진 지반이 무너지며 이 지하수가 모습을 드러내고, 그것이 바로 지반 아래의 호수, 연못과도 같은 세노테가 되는 것이라고 미구엘은 말했다. 이윽고 목적지가 가까워진 듯 아래에서부터 웅성대는 소리가 점점 커지고 있었다. 처음엔 멀리서 작게 보였던 새하얀 빛이 범위를 넓히며 밝아져 눈을 똑바로 뜨기가 어려울 지경이었다. 밝은 빛이 뿜어져 나오는 코너를 돌자 싸씨 세노테가 눈앞에 나타났다. 세노테의 생김새는 얼핏 콜로세움의 내부와 비슷했다. 둥그렇고 푸른 호수를 둘러싼 돌벽과 계단. 땅의 구멍을 통해 보이는 둥그런 하늘에서 쏟아지는 햇살. 그리고 흙 바깥으로 삐져나온 나무뿌리들과 덩굴식물. 몇몇 관광객은 다이빙하기 좋은 난간에서 물로 뛰어들고 있었고, 또 다른 사람들은 이미 물속에서 신나게 헤엄을 치고 있었다. 대부분의 관광객은 세노테 주변으로 만들어진 길을 돌며 사진을 찍기도 하고 수영하는 이들을 구경하고 있었다.

"어때요?"

미구엘이 현조의 감상을 물었다.

"근사하네⋯."

주변을 두리번거리며 현조가 말했다.

"정말 그렇게 생각해요?"

미구엘의 말에 현조는 그를 쳐다보았다.

"어쩐지 아닌 거 같아서⋯."

멋쩍은 듯 웃으며 미구엘이 말하자 현조는 피식 웃고 말았다.

말 한마디로 그녀의 미심쩍은 마음을 눈치채는 미구엘이 조금 귀엽게 느껴졌다.

"조. 싸씨 세노테와 관련된 전설 하나 들어 볼래요?"

세노테 근처 마른 바위에 걸터앉으며 미구엘이 물었다. 그때 반대편 코너에서 하비에르와 스칼렛 리조트 관광객들이 싸씨 세노테를 향해 걸어 내려오는 것이 눈에 띄었다. 순간 현조는 하비에르와 눈이 마주쳤다. 꽤 먼 거리였지만, 하비에르가 그녀를 바라보고 눈짓했다는 것을 확신할 수 있었다. 현조는 자기도 모르게 하비에르에게 고개를 까딱였다. 그리고는 미구엘의 옆자리에 앉아 그가 들려주는 전설에 귀를 기울였다.

한 마을에 이그나시오라는 남자가 있었다. 어려서부터 눈처럼 새하얀 머리를 한 그는 몸집이 작고 날랬다. 이그나시오는 여러 마을을 전전하며 우물 파는 일을 했는데, 물이 나오는 위치를 기가 막히게 잘 알아서 그가 판 곳에서는 꼭 맑은 지하수가 솟아 나왔다. 누군가는 그가 축복을 받아 특별한 능력이 있는 것이며 그의 흰 머리가 그 증거라고 했고, 또 누군가는 점쟁이였던 할머니의 능력이 손자에게 대물림된 것이라고도 했다.

이그나시오가 눈을 감은 채 손가락과 손바닥으로 땅을 더듬고, 땅에 귀를 댄 채 벌레처럼 재빠르게 기어 다니는 모습은 사람들에게 인기 있는 구경거리 중 하나였다. 그러다 어느 순간 그는 멈춰 섰고, 곡괭이를 들어 땅의 숨통을 끊을 듯 내려찍었다.

그 모습이 꼭 사냥감을 발견한 매 같아 사람들은 그를 하얀 새매라고 부르곤 했다. 작은 몸집은 정말 매처럼 민첩하고 날랬고, 일할 때의 눈빛은 먹이를 발견한 매처럼 날카롭게 반짝였다. 일이 끝나고 용설란으로 만든 독주를 마시며 해가 지는 것을 보고 있던 그에게 누군가 왜 우물을 파느냐고 물었을 때, 그는 불콰해진 얼굴로 "소리가 들려서"라고 답했다. 땅 아래에서 들려오는 물의 소리를 좇다 보면 그 근원을 언젠가 찾을 수 있을 거라고 덧붙였다. 또 한 번 누군가로부터 "어째서?" 하는 질문을 들었지만, 그는 대답 대신 질문자의 눈을 어리석다는 듯 빤히 바라보았다고 했다.

하루는 바야돌리드 마을에서 우물을 파 달라는 요청이 들어왔다. 이그나시오는 마을 중앙의 한 장소를 더듬어 터를 잡고 땅을 파기 시작했다. 그러나 그날은 기운이 좀 이상했다. 보통 때라면 터지고도 남았을 물줄기가 코빼기도 보이지 않았다. 그러던 찰나 작은 구멍이 그의 눈에 띄었다. 그는 그곳을 팠다. 구멍은 성인 남성의 허벅지만 한 크기로 커졌고, 목적지가 있는 길처럼 더 깊은 곳으로 이어지고 있었다. 마치 굉장히 커다란 뱀이 굴을 파고 지나간 것 같았다. 사람들은 뱀의 신 쿠쿨칸이 주는 경고라고, 이 땅은 저주받았거나 신의 은총을 입었으니 그만 다른 장소를 알아보자고 했지만, 이그나시오는 홀린 듯 구멍의 뒤를 쫓았다. 동이 터오는 이른 아침부터 땅을 파온 그에게, 그리고 며칠째 땅을 파온 그에게 사람들은 멈추기를 혹은 휴식을 권유했지만, 이그나시오는 멈추지 못했다. 그러다 해가 머리 위에 떠서 자신의 그림자가 사라진 순간 이그나시오가 곡괭이를 머리 위로 들어 올리자 눈앞에 아름다운 뱀의 꼬리가 보였다. 작열하는 태양에 아름답게 빛나 부드러워 보이는 굵은 꼬리는 땅의 품으로 파고 들고 있었고, 그것은 마치 파도의 움직임 같았다. 그때 이그나시오는 지금까지 들어온 것과는 다른 소리를 들었다. 반복적으로 곡괭이로 땅을 파던 이그나시오는 그 아름다움을 한 번만 손으로 쓸어보려는 듯 곡괭이를 떨어트리고 손을 뻗었다. 손을 빠르게 빠져나가는 뱀의 비늘들은 차가웠다. 고개를 털며 일어난 이그나시오는 빨리 곡괭이를 쥐고 땅을 팠다. 빠르게, 더 빠르게 속력을 내면 뱀을 따라잡을 수 있을 것 같았다. 그러다 구멍 저편에 다시 나타난 뱀의 꼬리를 보고 이그나시오는 모든 힘을 쥐어 짜내 곡괭이를 내리찍었다. 그러나 그것은 뱀이 아니었다. 땅의 그림자였을 뿐. 대신 깊은 곳에서부터 뱀이 기어가는 소리가 들려왔다. 이그나시오는 엎드려 구멍에 귀를 갖다 댔다. 소리는 점점 커졌다. 문득 무언가 잘못됐다는 것을 깨달았을 때, 그는 자신이 밟고 있는 흙덩이와 돌과 나무뿌리들과 함께 깊은 곳으로 가라앉고 있었다. 비명 한 번 지르지 못하고 이그나시오는 흙더미와 함께 끝이 보이지 않는 물속으로 사라졌다. 그가 사라진 곳에는 푸른 물이 고여 있었다. 꼭 뱀의 눈처럼 깊고 둥근 세노테였다. 사람들은 세노테의 구석구석을 뒤졌지만, 이그나시오와 뱀의 모습은 어디에서도 발견되지 않았다.

이 세노테의 이름, 싸씨는 이그나시오의 별명인 흰 새매를 마야어로 옮긴 것이라고 미구엘은 덧붙였다.

이야기를 모두 들은 현조는 자리에서 일어나 세노테 가까이 다가갔다. 싸씨 세노테는 아름다웠다. 한 치 앞도 보이지 않는 그 불투명함이 만들어내는 두려움이 있었고, 두려움은 호기심이라는 형태로 둔갑해 세노테를 더욱 아름다워 보이게 만들었다. 푸른빛이 도는 초록색의 반짝이는 물, 속이 전혀 보이지 않아 수심을 알 수 없는, 뱀의 눈처럼 둥그렇고 짙은 웅덩이. 주변을 둘러싸서 검은 그림자를 만들어내는 흙더미와 그 근방을 장식하는 오렌지색 꽃과 나무들. 그런데 온종일 치첸이사와 인신 공양과 세노테에 관해 설명해주던 다정한 미구엘의 모습이 자꾸 떠오르며 그에게 바짝 다가서고 귀를 기울이고 싶어졌다. 또 계속 대화해보고 싶다는 마음이 들었다. 이 마음의 근원이 무엇인지, 사람들이 헤엄치는 이 물 아래에 정말 이그나시오가 가라앉아 있을지, 그는 자신이 찾던 것을 찾았을지 세노테 앞에 서서 가만히 생각하고 있을 찰나였다.

언제 들어갔는지 물에서 헤엄을 치던 하비에르가 튀어나와 물가까이에 서 있던 현조의 발목을 갑자기 붙잡았다. 현조가 놀라 소리를 지르자 하비에르는 웃으며 현조에게 물을 튀겼다. 수면 바로 아래에서 일렁여서 윤곽이 또렷하지는 않았지만, 하비에르의 몸은 넓고 단단해 보였다. 물을 맞은 현조는 처음으로 하비에

르를 향해 웃어 보이고는 자리에 쪼그려 앉아 손으로 하비에르
에게 물을 끼얹었다. 몇 번 물을 맞아 주던 하비에르는 물에서 나
와 현조가 서 있는 곳으로 걸어왔다.

"여기에서도 수영은 안 할 건가?"

"글쎄, 수영할 준비를 해 오지는 않아서."

순간 하비에르는 현조를 끌어안듯 붙들고 물속에 밀어 넣는
시늉을 했다. 정말로 빠트릴 생각은 없었는지 미는 힘은 약했다.
하지만 놀란 현조는 비명을 지르며 몸에 힘을 주며 버둥거리다
때마침 하비에르의 몸에서, 그리고 수영한 관광객들의 몸에서
흘러나온 물로 미끄러운 바닥을 밟았다. 현조의 다리가 세노테
를 향해 미끄러진 것은 순식간이었지만, 다행히도 그녀를 꽉 쥐
고 있던 하비에르가 그녀를 받쳐주었다. 하비에르는 다리가 후
들거려 바닥에 주저앉으려는 현조를 가볍게 안아 올렸다. 현조
는 자기도 모르게 그의 굵고 긴 목을 꼭 끌어안았다. 하비에르의
몸에 묻어 있던 차가운 물기에 얇은 티셔츠가 젖는 것을 느꼈다.

"어제 보니 물에 젖는 걸 신경도 안 쓰는 것 같길래, 이렇게 놀
랄 줄 몰랐네."

그는 현조에게 사과하며, 놀라 일어난 미구엘 옆의 마른 바위
에 그녀를 내려놓았다. 현조는 붉어진 얼굴을 숙이고 고개를 저
었다. 다시 고개를 들어 하비에르를 볼 자신이 없었다. 하비에르
는 현조에게 한 번 더 사과한 뒤에 다시 물속으로 뛰어들었다. 다
른 관광객들과 웃으며 노는 그의 목소리를 들으며 현조는 미구

엘이 건네준 수건으로 흙이 묻은 다리를 닦았다.

"괜찮아요?"

현조는 웃으며 고개를 끄덕였다.

"좀 놀래서."

"위험하긴 했어요. 이런 곳에서 그런 장난을 치면 안 되는데."

"그런가…."

"조. 혹시 수영할 줄 알아요?"

"응. 수영하는 거 좋아해."

"칸쿤에 와서는 어디서 수영해봤어요?"

"제대로 된 수영이라고 하기에도 뭣하지만, 어제 셸하에서 잠깐?"

"아…. 스쿠버 다이빙도 할 줄 알아요?"

"아니. 그건 한 번도 안 해봤어."

미구엘은 다이빙을 할 줄 모른다는 현조의 말에 약간 아쉬운 표정을 지었다. 그는 현조가 자리에서 일어서자 그녀를 따라가며 뭔가 생각에 잠긴 듯 입을 다물었다. 현조는 하비에르가 있는 쪽으로 되도록 고개를 돌리지 않으려 애쓰며 싸씨 세노테의 출구를 향해 천천히 걷고 있었다. 현조의 뒷모습을 가만히 보며 따라가던 미구엘이 뭔가 생각난 듯 현조를 불렀다. 그는 현조에게 앞으로 일정이 어떻게 되는지 혹시 알려줄 수 있느냐 물었다. 현조는 잠깐 망설이다 숙소를 옮긴다고 답했고, 미구엘은 어느 숙소로 가는지를 연이어 물었다. 현조가 의아한 표정으로 바라보다가 머뭇거리며 드림스 플라야 무헤레스라고 리조트 이름을 대자 미구엘은 다급히 말을 이었다.

"내일 플라야 델 카르멘에서 멀지 않은 숲에 갈 거예요. 근처 세노테에서 다이빙할 계획이거든요. 전 인스트럭터 겸 사진사로 가서, 한 번 정도 일행과 같이 다이빙하고 사진만 찍어주면 일이 끝나요. 그 세노테는 초보자들도 스노클링을 할 만한 곳이라서…. 내일 별다른 일정이 없다면 같이 가자고 물어보려고 한 거예요. 혹시 조가 옮기게 될 숙소에서 가까우면 같이 스노클링이라도 하고 제가 숙소까지 데려다줄 수 있으니까요. 혹시나 오해하지 말아요."

계속 미심쩍은 표정으로 머뭇거리는 현조를 보며 미구엘은 계속 말을 이었다.

"오늘 온종일 생각이 많아 보여서요. 혹시라도 수영하면 기분이 나아지지 않을까 했거든요. 그리고 거긴 아직 공식적으로 등록된 세노테가 아니라 관광객이 거의 없어요. 물도 여기보다 맑고 깨끗하고 정말 아름답다고요. 제가 보장할게요! 같이 가지 않을래요?"

현조가 고민하는 표정으로 한참 말없이 걷기만 하자, 미구엘은 씩 웃으며 부담스러우면 거절해도 괜찮다고 말했다. 현조는 미구엘에게 어색하게 웃어 보이고는 선글라스를 꼈다. 팔을 올리고 내릴 때마다 헐거운 시계가 팔을 타고 오르내렸다. 현조는 시계를 끌러 오른손으로 꽉 쥔 채, 미구엘보다 조금 빠르게 걸음을 옮기기 시작했다. 그의 미소가 유난히 천진하고 무해하게 느껴졌고, 동시에 싸씨 세노테의 불투명한 물구덩이에 처박아버리고 싶은 도훈이 떠올랐기 때문이었다. 두 눈 가득 눈물이 차오르는 것이 느껴졌다. 그녀는 미구엘을 등진 채로 그에게 미안하다 말했다. 목소리가 염소처럼 파르르 떨렸다. 아쉬워하는 미구엘의 표정을 순간 읽은 현조는 자신의 말을 취소하고 싶었다. 미구엘과 함께 그 세노테에 가보고 싶었다. 함께 다이빙하고, 헤엄을 치고 싶었다. 미구엘과 더 대화해보고 싶었고, 그 무구한 미소를 좀 더 보고 싶었다. 하지만 현조는 그럴 수 없었다. 표면적 거절의 이유는 명확했다. 타지에서 낯선 사람을 함부로 따라갈 수 없어서. 그러나 사실은 처음 만났을 때부터 미구엘의 어떤 모습에 분명히 자신이 동하고 있다는 것을 느껴서였다. 흔들리는 마음의 대상은 미구엘뿐만이 아니었다. 현조는 이 상황이 도무지 이해가 가지 않았다. 정확히는 이해하고 싶지 않았다. 도훈이 말한 나뉘어지는 마음이 무엇인지를 이해하는 시발점이 될 것만 같아서였다.

시계를 쥔 손에 힘이 더 들어갔다. 현조는 다른 사람들보다 먼저 투어 버스로 돌아가 버렸다.

**7**

아는 여자,

넓은 남자,

어리석은 여자

"김장 도우러 오랬더니 흰 바지를 입고 오냐."

현관문을 열자마자 튀어나온 아버지의 잔소리에 현조는 대꾸하지 않았다. 부엌 안쪽에서 왁자한 웃음소리가 들려왔다. 이웃에서 항의가 들어와도 이상하지 않을 만큼 시끄러운 것을 보니 이모 셋이 모두 온 모양이었다. 아무래도 바지를 갈아입어야 할 것 같았던 현조는 작은 방으로 향했다. 자취방을 얻어 나가기 전까지 현조의 방이었던 그곳은 어느새 온갖 잡동사니가 가득 차 있는 창고로 변해 있었다. 책상 위에는 현조와 오빠 현석의 졸업 앨범과 낡고 두꺼운 옛 앨범들이 뒤섞여 쌓여 있었다. 아무 생각 없이 앨범을 손으로 쓸어보던 현조는 맨 위에 놓여 있던 가장 두꺼운 앨범을 꺼내 들었다. 낡아서 스크래치가 난 가죽과 냄새가 어딘지 익숙했다. 누구의 앨범인지 궁금했다. 자리에 쪼그려 앉아 앨범을 넘겨보니 자신도 오빠도 아닌 젊은 얼굴들이 있었다.

누군가와 닮았다는 생각이 들자마자 곧 현조는 그 사진의 주인 공이 부모님임을 알아차렸다. 어린 현조와 현석의 손을 잡고 햇빛에 얼굴을 찌푸린 채 담장 앞에 서 있는 엄마의 모습. 아버지가 찍어 준 것이었을까. 페이지를 넘기며 기억에 남아 있거나 남아 있지 않은 장면들을 보던 중 현조는 두 장의 사진을 발견했다. 한 장은 예전에 큰이모 집에서 발견했던 여러 의미로 현조를 놀라게 했던 엄마의 사진이었고, 나머지 한 장은 처음 보는 것이었다. 현조는 두 사진을 앨범에서 떼어내 엄마의 사진을 가방 안에 집어넣고 나머지 한 장은 책상 위에 올려 두었다. 방 안을 둘러보니 무릎이 나온 회색 트레이닝 바지가 침대 모서리에 걸쳐져 있는 것이 눈에 띄었다. 현조는 크림색 바지를 벗어 의자에 걸어두고 트레이닝 바지를 입은 뒤, 사진을 집어 들고 부엌으로 향했다.

아니나 다를까 식탁을 한쪽으로 밀어 만든 넓은 공간에 붉은 고무 대야와 양은 대야를 펼쳐 두고 엄마와 세 이모가 옹기종기 앉아 배춧속을 채우고 있었다. 현조는 거실에 드러누워 TV를 보고 있는 아버지를 어깨너머로 한 번 쳐다본 뒤, 막내 이모 옆에 쪼그리고 앉았다.

"현조 왔네? 거의 다 됐어. 요거 속만 채우고 저녁으로 김치에 수육 싸 먹자."

"빨리 오라니까 죄다 끝나고 저녁 먹을 때나 돼서 오고."

"쟤도 주말인데 데이트해야지! 현석이한텐 오라고 하지도 않았으면서. 언니 너무하네."

이모들과 엄마의 대화는 늘 정신을 똑바로 차리지 않으면 말 한마디도 끼어들기 어려울 만큼 빠른 템포로 지나가곤 했다. 네 자매가 현조의 안부를 묻고 그녀를 주제로 벌써 몇 마디씩을 주고받았지만, 정작 자신은 그 대화에 한마디도 얹지 못했다는 점 때문에 현조는 웃음이 나왔다.

"근데 이 사진 어디서 찍은 거야? 누구야?"

현조는 아까부터 방에서 들고 나온 사진을 엄마와 이모들 사이에 불쑥 내밀었다. 마침 장갑을 벗고 있던 둘째 이모가 사진을 가져가 빤히 쳐다보았다. 사진에는 밥 차 배식 자원봉사를 하는 사람들의 모습이 담겨 있었다. '새 희망 이웃 나눔'이라 쓰여 있는 초록색 조끼를 입은 한 젊은 남자가 친절하게 웃으며 배식 차 앞에 줄을 서 있는 사람들에게 배식을 하고 있었는데 남자는 밥을 푸는 주걱에, 배식 받는 사람들은 자신의 식판에 시선을 고정한 채였다. 그리고 그들과 조금 거리를 두고 서 있는 한 여자가 있었다. 울 스웨터와 청바지 차림의 젊은 여자는 조끼를 입은 남자를 바라보고 있었는데 마치 그가 몹시 중요한 일이라도 하는 듯, 그의 동작이 세상을 구원하기라도 하는 듯한 눈빛이었다. 그녀의 입은 굳게 다물어져 있었지만 사진 속 사람 중 유일하게 눈빛에 무언가 담겨 있었고 무엇보다도 바빠 보이는 군중 사이에서 혼자만 아무것도 하지 않고 서 있어서 시선을 끄는 데가 있었다.

"야, 이거 니네 엄마 아빠잖아."

"이 사람이 엄마라고?"

"그래. 네 아빠 바라보는 눈빛 봐. 아주 사랑에 빠져 있네."

"뭔데?"

큰이모와 엄마가 둘째 이모의 양옆으로 얼굴을 들이밀고 사진을 보았다. 아, 하고 엄마는 고개를 돌렸고, 큰이모는 딱 걸렸다는 듯 말을 쏟아내기 시작했다.

"니네 엄마, 대학 다닐 때 니네 아빠 맘에 든다고 관심도 없던 봉사 동아리 가입해가지고 쫓아다녔잖아. 저 초록색 조끼도 안 입은 거 봐라. 봉사 같은 거 죽어도 싫어하는 성격에 저기까지 따라가고 대단했지. 그놈의 사랑이 뭐라고."

"근데 큰 언니 이 사진 때문에 동아리에서 욕먹지 않았어? 일 안 하고 따라만 다니는 거 딱 걸려서."

"맞아. 그래서 이럴 거면 나가라고 해서 부회장인가 하는 애랑 머리채 잡았지."

"진짜 그때부터 성질머리 하고는."

"아 왜, 그 부회장이 형부 좋아해서 싸운 거 아니었어?"

이모들은 신나서 떠들어댔지만, 엄마는 한마디 말도 없이 입만 꾹 다물고 배추 사이사이에 양념을 채우고 있었다. 이모들의 놀림거리가 되는 게 영 거북했는지 아버지는 헛기침을 하면서 자리에서 일어나 안방으로 사라졌고, 그를 본 엄마가 그제야 입을 열었다.

"저럴 줄 알았으면 안 만났지."

"얼씨구. 형부 그런 사람인 거 언니 다 알면서 결혼했으면서. 모르는 척하지 마셔."

"맞아. 형부 원래 여기저기 퍼주고 다녀서 연애할 때부터 언니 속 썩였잖아."

밤을 새워가며 아버지 욕을 할 것 같은 기세로 이모들은 너도 나도 말을 얹었다. 참다못한 엄마가 배추를 대야에 탁 내던지며 눈을 부라렸고, 그제야 이모들은 입을 다물었다. 큰이모는 틀린 말도 아닌데, 하고 꿍얼거리며 손에 쥔 사진을 도로 현조에게 내밀었다. 현조는 건네받은 사진을 슬그머니 주머니에 넣었다. 그리고 김장이 거의 마무리돼가자 일어나 싱크대로 갔다. 고무장갑을 끼고 쌓여 있는 그릇과 양념 통, 대야를 씻으며 이제 대화의 주제가 자신이 될 것을 예상했다. 역시나 시작은 큰이모였다.

"현조 근데 왜 혼자 왔어. 도훈이도 데려오지. 지 엄마만 보여주고. 나도 얼굴 한번 보자니깐. 서운하게."

어느새 현조 옆에 온 엄마는 도훈이 출장 중이라는 현조의 말을 끊어버렸다. 결혼할 사이도 아닌데 뭣 하러 집까지 데려오냔 거였다. 엄마는 현조가 세제로 문지른 그릇과 대야를 가져가 물로 헹궜다. 세 이모는 엄마의 말이 끝나기 무섭게 목에 핏대를 세워가며 한마디씩 하기 시작했다. 현조의 결혼을 말하다 결혼 적령기를 놓친 그녀의 나이가 튀어나왔고, 늦어진 이유를 말하다 그녀의 이전 남자친구들이 하나씩 튀어나왔다. 그들의 공통점은 하나같이 어디 빠지는 데 없는—주로 근사한 직장과 이모들 기준의 남자다운 성격—조건들이었다. 그리고 모두 현조를 찼다는 점에서도 같았다. 엄마는 다 삶아진 수육을 꺼내 썰기 시작했다. 이모들은 식탁을 원래 위치로 돌려놓고 밥상을 차리며 그런 조건의 남자에게 차이는 원인을 할 말 다 하고 일밖에 모르는 현조의 드센 성격과 애교 없는 말투, 비쩍 말라서 섹시하지 못함 등등으로 귀결시켰다.

"옛날부터 쟤가 독한 데가 좀 있었어. 왜 윤주랑 맨날 잠수니, 수영이니 시합할 때마다 언니 이겨 먹겠다구 쪼그만 게 고집부리고 죽어라 물에서도 안 나오고. 너 도훈이한테는 그런 거 보여주지 마라 좀. 시집가려면."

"결혼하려고 사람을 만나는 게 아니라 만나다 이 사람이다 싶으면 결혼하는 거지. 이모들은 무슨 만나기만 하면 다 결혼 생각만 해? 순서가 잘못된 거 아냐?"

참다못한 현조가 입을 열었다. 이모들과 있을 때 한마디라도 꺼내면 더 시끄러워진다는 것을 알았기 때문에 매번 참아보려 했지만, 번번이 답답함과 분을 이기지 못해 대꾸하게 되곤 했다. 현조의 대답은 그녀가 독하고 고집이 세다는 이모들의 주장에 힘을 실어주었을 뿐이었다. 현조는 뭔가 더 반박하려 입을 열었다가 도로 다물었다. 그리고는 애꿎은 그릇만 문질렀다. 이미 다 씻어 깨끗한 그릇들을 두세 번 수세미로 닦아댔다. 싸울 기력이 전혀 남아 있지 않았다. 집에 돌아가 침대에 눕고 싶었고, 커다란 도훈의 품 안에 파고들어 잠을 청하고 싶었다. 이모들은 여전히 현조에게 잔소리를 하고 있었다. 대학에서 괜히 더 배웠답시고 현실과 동떨어진 소리를 하는 것도 계속 차이는 이유라고, 그런 현조와 헤어지지 않고 가장 오래 만나는 도훈은 당연히 결혼해야 할 신랑감이니 차이지 않게 잘하고, 집안 어른들끼리 인사를 서두르라는 막내 이모의 말에 결국 엄마가 소리를 질렀다.

"야. 니들 딸년들은 다 하나같이 고분고분하고 애교 많고 독하지도 않고 섹시해서 죽네 사네 온 집안 시끄럽게 헤집으며 결혼했나 보다? 누가 보면 아주 재벌 집 며느리로 팔자 펴서 들어간 줄 알겠어. 그렇게 좋은 결혼 했는데 왜 하루가 멀다 하고 전화해서 돈 없다, 애 좀 봐 달라, 일하고 싶다, 나 죽는다는 소리만 하니? 김장하러 오랬더니 왜 와서 가만히 있는 애를 긁어? 계속 그따위 소리 할 거면 집에 가."

맛있게 삶아진 수육 냄새와 맏언니의 분노는 세 이모의 입을 다물게 하기에 충분했다. 큰이모가 입을 삐죽였지만, 엄마가 그걸 보기 전 막내 이모가 큰이모의 옆구리를 쿡 찔러 더 큰소리는 나오지 않았다. 덕분에 저녁 시간 동안 현조는 대화 주제에서 겨우 벗어나 조용히 식사에 집중할 수 있었다.

배추김치를 몇 포기씩 챙긴 이모들이 떠나자 현조는 엄마와 식탁에 마주 앉았다. 두 사람은 깎은 사과를 먹고 보리차를 마셨다. 안방 문틈 사이로 아버지의 코 고는 소리가 낮게 들려왔다.

"도훈이가 사준 거야?"

엄마의 시선이 머문 곳은 손목시계였다. 현조는 씹던 사과가

목에 걸리는 기분이 들었다. 그녀는 웅얼거리며 대답을 얼버무렸다.

"걘 너 손목 사이즈도 모르냐? 뭐 그렇게 커. 그리고 언제 사준 거야? 오래 차고 다닌 거 같은데 난 왜 한 번도 못 본 거 같니."

뭐라 대답할 겨를도 없이 엄마의 다음 질문이 이어졌다. 도훈과 결혼할 생각인 거냐는 물음. 그리고 엄마는 딸을 빤히 쳐다보았다. 이것이 대답을 듣겠다는 신호임을 그녀는 잘 알고 있었다. 현조는 사과를 천천히 씹어 삼켰다. 그리고 자신 없게 고개를 끄덕였다. 엄마는 옆의 사과를 하나 더 집어 들어 깎기 시작했다.

"나 배부른데."

커다란 사과 껍질이 벗겨지는 서걱서걱 소리가 엄마의 대답을 대신했다.

"도훈이 걔는…. 좀 다르겠지."

거실 저 멀리 시선을 던지며 엄마가 중얼거리듯 말했다. 현조는 엄마의 눈빛을 보고는 눈을 내리깔았다. 잘 아는 눈빛이었다. 아버지가 보증을 서고 집을 한 번 망하게 한 뒤 친구의 꼬드김에 넘어가 빚을 내 투자를 할 때마다, 동창이나 지인과 함께 사업을 할 때마다 이번만은 정말 잘될 거라는 호언장담을 하곤 했었는데, 그때마다 현조는 엄마에게서 지금과 같은 눈빛을 볼 수 있었다. 그녀는 두 손으로 보리차가 담긴 유리잔을 감싸 쥐었다. 따끈한 기운이 손바닥으로 퍼졌다. 누구에게도 하지 못한 말들이 온몸에 가득 차 입 밖으로 새어 나올 것 같았다. 하지만 엄마에게 모든 걸 쏟아내는 대신, 현조는 보리차를 마셨다. 자신을 훔쳐보는 엄마의 시선을 느낄 수 있었다. 엄마는 다 깎은 사과를 조각내 접시에 담고는 새 사과를 또 꺼내 들었다.

"요즘 왜 기력이 없어? 이모들 말에 한마디도 안 졌으면서 오늘은 기죽어서 대꾸도 제대로 못 하고. 얼마 전까지만 해도 목줄 풀린 개처럼 저 하고 싶은 대로 신나서 살더니 꼴은 해골처럼 해가지고…. 밥은 제대로 먹고 다니는 거야?"

"고삐 풀린 망아지겠지."

"이거나 그거나. 뭔 소린지 알잖아. 말 돌리지 말고."

"별일 없어."

엄마는 입을 꾹 다물었다. 어쩌나 사과를 전투적으로 깎고 자르는지 마치 적장의 목을 베는 장수 같아 보였다. 그녀는 배가 부르다는 현조에게 기어이 사과 한 조각을 더 건네고 자신도 한 조각을 베어 물었다. 사과를 씹는 엄마의 시선은 자꾸만 거실 저 멀리 허공을 맴돌고 있었다.

"결혼은 잘 생각해봐."

엘리베이터를 기다릴 때였다. 엄마가 뜬금없이 말했다.

"도훈이 걔는 너무 넓어."

"무슨 소리야?"

"전에도 말했잖아. 뭐든 포용할 수 있는 범위가 쓸데없이 넓은 애야. 니 아빠랑 다르면서 비슷해."

벨이 울리고 엘리베이터 문이 열렸다. 엄마는 현조의 등을 떠밀었다.

"춥다. 멀리 안 나가."

현조는 떨떠름하게 고개를 끄덕였다.

"좀 독해도 돼."

"뭐?"

"독하고 고집 세도 된다고."

현조를 똑바로 바라보며 엄마가 말했다. 단호한 눈빛이 순간 엄마의 눈 속을 스쳐 지나갔고, 곧 엘리베이터 문이 닫혔다.

늘 그렇듯 맥락 없이 툭툭 던진 말들이었으나, 현조는 한마디 한마디가 마음에 남았다. 엄마는 지금껏 그녀의 남자친구들이나 결혼—현조의 결혼, 혹은 엄마의 결혼, 그 누구의 결혼이든—에 대해서 별 말을 건넨 적이 없었으니까.

집에 돌아온 현조는 본가에서 챙겨온 사진 두 장을 꺼냈다. 사랑에 빠진 눈빛으로 아버지를 바라보는 엄마의 사진, 그리고 1980년대에 찍어 빛이 바랜 친구들과 함께 찍은 엄마의 사진을.

한국에 금융 위기가 왔을 때 어렵다는 친구들에게 보증을 서 주고, 별 재주도 없으면서 지인들의 꼬드김에 넘어가 장사나 사업을 시작하고 말아먹기를 반복한 아버지 덕분에 적당히 잘 지내왔던 현조의 집은 몹시 휘청였다. 아버지는 친구와 지인들에게 한없이 마음이 약한 사람이었다. 엄마의 반대 앞에서는 별말도 못 하다가 결국 조용히 일을 저지르고 마는 사람. 가족들은 더 작은집을 찾아 집값이 싼 교외와 지방을 전전했다. 성적도 좋고 공부에 욕심이 있었던 현조는 서울의 큰이모 집에서 지냈다. 친구들과 찍은 엄마의 사진을 발견한 것은 이모 집에서였다. 대학생쯤 되어 보이는 앳된 얼굴의 여자 네 명이 바짝 다가서서 팔짱을 끼고 어깨동무를 하고 웃고 있었다. 누가 농담을 했는지, 뭔가 재미있는 것을 봤는지 폭소를 터트리는 순간 찍힌 것 같았다. 인문대학이라고 적힌 콘크리트 건물과 꽃이 활짝 핀 화단을 보며 현조는 이 사진이 대학 캠퍼스에서 찍은 것임을 확신했다. 원피스와 스니커즈 차림에 두꺼운 전공 서적을 야무지게 끌어안은 채 웃는 사람, 막 운동이라도 하고 온 듯 트레이닝 팬츠에 운동화를 신고 커다란 스웨트 셔츠를 입은 두 사람, 셔츠에 카디건을 입고 긴 하운드투스 무늬 스커트를 입은 사람이 화단 앞에 서 있었다. 전부 현조가 알지 못하는 얼굴이었다. 의아했다. 하지만 어쩐지 그 사진 속 사람이 웃는 게 끌리는 데가 있어 현조는 그 사진을 이모에게 가져갔다. 사진 속 인물이 누군지에 대한 의문은 큰이모에 의해 풀렸다. 바로 엄마의 사진이었다. 원피스와 스니커즈 차림을 하고 보는 이마저 즐거워지도록 환하게 웃고 있는 사람이 엄마였다. 현조는 자신이 아는 엄마의 얼굴을 그곳에서 찾을 수 없다는 게 꽤 충격이었다. 그녀가 아는 엄마는 아버지 때문에 가진 것을 모두 잃고 집에서 그리고 삶에서 사라진 것들을 다시 채우기 위해, 살기 위해 몸부림치며 제자리에서 달리기만 했던 사람이었으니까. 현조에게 엄마는 살면서 저렇게 웃을 수 있는 여유와 능력을 잃은 사람이었고, 열정적으로 배웠던 대학교에서의 모든 지식마저 잃은 사람, 자기 자신을 잃어버린 사람이었으니까.

타인의 말에 잘 흔들리거나 타인에게 자신의 것을 쉽게 퍼주는 일은 나약한 것이다. 온순하고 다정한 것은 나약함에 속했다. 나약한 것은 자신을 잃게 하고 자신과 삶을 나누는 이들, 가족들의 것까지 잃게 했다. 신현조가 강인함을 목표로 살아온 것은 당연한 이치였다. 그녀는 어떤 비바람에도 흔들리지 않고 살아남을 수 있도록 깊게 뿌리를 내리고 굵은 줄기와 가지를 키워나가는 거대한 느티나무 같은 삶을 원했다. 자신의 삶이 그렇기를 원했고, 자신이 사랑하는 사람 역시 그렇게 강인하기를 원했다.

그리고 능력에 대한 욕심.

능력의 발현이 성적에 맞춰져 있었던 학생 때와는 달리, 대학 이후의 현조는 강인함과 능력과 성취를 일 속에서 추구했다. 그녀는 컴퓨터 속 알파벳과 수학과 기호의 복잡한 세계를 다루고 그것으로 새로운 세계를 구축해 내는 것이 좋았다. 계속 변하고 다음 단계로 성큼 가버리는 기계를 맞춰줄 프로그램을 계속 개발하는 것은 유의미하고 즐거웠다. 결과물은 그녀의 노력과 고통을 배신한 적이 없었으니까. 그러나 현조는 알게 되었다. 선배들, 정확히는 현조 못지않게 최선을 다해 사는 여자 선배들이 좀 더 위로 올라가다가 어느 순간 사라져버린다는 것을. 현조는 비혼을 선택지에서 지웠다. 백업이 필요했다. 이 사회에서는 그녀가 아무리 최선을 다해 살아도 여성이기 때문에 자신의 삶을 지탱하게 만드는 가장 현실적인 곳에서 어느 순간—사실 너무 이른 때에—지워지기 쉽다는 것을 알았으니까. 그때의 자신이 비혼이라면 그 삶은 느티나무가 아니라 떨어져 썩을 일만 남은 열매가 되기 너무 쉽다는 걸 알았으니까. 그래서 현조는 두 가지 모두를 잡기 위해 발버둥 치며 살았다. 능력 있는 사람, 어떤 상황에도 자신의 것을 빼앗기지 않을 법한 남자, 자기 가족을 사지로 내몰지 않을 법한 남자를 골라 만났다. 그들은 모두 그녀의 치열한 삶과 최선을 다해 일하고 거기에서 즐거움을 얻는 인생을 피곤해하고 부담스러워했다. 그리고 현조는 도훈을 만났다.

현조는 엄마의 대학 사진을 한쪽으로 밀쳐 두고, 가방에서 두 번째 사진을 꺼냈다. 왜 엄마가 아버지와 결혼했는지를 생각했다. 아버지의 나약함을, 사랑하는 이를 끌어내려 종국엔 썩어버리게 만들 그 성정을 알면서도 왜 아버지를 선택한 것인지 떠올렸다. 본가에서 헤어질 때 엄마가 했던 말이 머릿속을 맴돌았다. 도훈이 너무 넓다던 말, 포용할 수 있는 범위가 쓸데없이 넓어 아빠와 다르면서도 비슷하다던 그 말. 현조는 엄마가 이런 말을 자신에게 말한 이유를 되씹어 보려 했으나 그렇게 할 수 없었다. 아니, 하지 않았다.

'엄마는 모르니까, 엄마는 아직 그 사람에 대해 모르는 게 있으니까.'

현조는 중얼거렸다. 엄마는 몰랐다. 당신이 아버지를 품었듯, 도훈 역시 자신을 위해 어깨에 큰 상처를 남길 만큼 단단한 사람이라는 것을.

그러나 정작 뭘 모르는 것은 현조, 자신이었다. 엄마가 모르는 도훈은 그 여자에 대해 고백하기 이전의 도훈에 국한된다는 것을. 자신이 그것을 깨닫지 못했다는 것을. 현조는 엄마의 사진들을 서랍 속 깊은 곳에 집어넣었다.

**8**

뛰어드는 여자,

잃어버린

해변의 밤

바야돌리드에서 스칼렛 리조트로 돌아오는 길 내내 현조는 선잠을 잤다. 투어 버스는 저녁 8시가 다 되어 숙소에 도착했다. 땀을 흘리며 여기저기를 돌아다녀서 무척 피곤했지만 자고 싶다는 생각은 들지 않았다. 하지만 스위트룸과 킹 베드는 쓸데없이 넓었고, 커튼 사이로 들어와 그 넓은 공간을 헤집는 달빛은 꼭 뭔가를 잡아내려는 서치라이트처럼 보였다. 현조는 미니바의 맥주를 마시려다 호텔에 늦게까지 영업하는 바가 있다는 것을 떠올렸다. 샤워를 한 뒤 옷을 갈아입은 현조는 인피니티 풀 근처의 야외 바에 갔다. 바에는 커플 한 팀이 칵테일을 마시고 있었는데, 캐런과 데이빗이었다. 현조는 그들과 눈인사를 나눈 뒤 그들 맞은편으로 걸어가 인피니티 풀 바로 옆의 테이블에 앉았다. 그리고 아르헨티나 말벡 한 병과 치즈 플레이트를 주문했다. 캐런, 데이빗 커플과는 제법 떨어진 거리에 앉아 있었는데도 주위가 고요한데다 둘의 목소리가 워낙 커서 그들의 대화가 끊임없이 들려왔다. 두 사람은 칵테일을 마시며 다음 날 호텔 존의 숙소로 어떻게 이동할 것인지, 그곳에서 무엇을 할 것인지에 관해 이야기하고 있었다. 캐런은 버스를 타고 호텔 존으로 이동하고 싶어 했고 데이빗은 택시를 타고 싶어 했으며, 캐런은 새 숙소에 도착하자마자 수영이나 스노클링을, 데이빗은 근처에서 쇼핑을 하고 싶어 하는 것 같았다. 볼 때마다 어쩜 의견이 저렇게 안 맞을 수가 있나 하고 현조가 생각할 무렵, 바 매니저가 와인을 가져왔다. 치즈 플레이트를 내려놓고 와인을 따라주며 그는 슬쩍 현조의 동행에 관해서 물어왔다. 현조는 인피니티 풀 너머 파도 소리가 들려오는 것으로 보아 바다로 추정되는, 광활한 검은 공간에서 시선을 떼지 않은 채 자신의 약혼자가 죽었다고 운을 떼웠다.

"그의 여동생이 결혼 한 달 전에 이별했거든. 동생의 전 남자친구가 몇 주나 그녀를 쫓아다녔어. 하루는 그놈이 집 앞에서 숨어 기다리다가 집에 들어가려는 여동생을 잡았고, 두 사람은 다시 한번 크게 다퉜지. 전 남자친구 놈은 심지어 여동생을 때리기까지 했어. 그놈을 말리려고 대문 밖으로 내 약혼자가 뛰어나갔고, 그 미친놈이 동생에게 휘두르는 칼을 막다가 여러 번 찔렸어. 구급차가 오기도 전에 과다 출혈로 죽었지."

이야기를 들은 매니저는 어색한 표정을 지었다. 그는 현조에게 유감을 표시하고는 잽싸게 키친으로 되돌아갔다. 곧 맞은편에서 의자를 끄는 소리가 들렸다. 고개를 돌려보니 캐런과 데이빗이 자리에서 일어서고 있었다. 들려오는 대화와 한결 시무룩해진 표정으로 보아 캐런이 버스와 수영을 포기한 것 같았다. 하지만 시무룩한 것도 잠시, 곧 캐런은 데이빗과 어깨동무를 한 채 그와 미소를 주고받으며 바를 빠져나갔다. 현조는 와인과 치즈를 기다리며 지금껏 들어 본 캐런과 데이빗의 대화를 복기해보았다. 캐런의 양보와 데이빗의 양보가 일어나는 상황의 비율은 대략 9:1 정도였다. 사실 데이빗이 실제로 양보하는 것은 본 적이 없지만, 비율 안에 1할 정도는 넣어줘야 할 것 같다는 생각이 들었다. 결혼할 만큼 사랑한다면 최소한 1할 정도는 양보하지 않을까? 아니 더 양보해야 하지 않나? 저런 게 결혼인 걸까. 현조는 평생 오직 한 사람만의 양보로 이루어진 한 커플의 결혼 생활을 떠올렸다.

호텔 앞바다에서 밀려오는 파도 소리가 점점 커지고 있었고 소금기와 물기가 섞인 바람도 전보다 거세졌다. 다시 끈적끈적해지는 팔뚝을 한번 쓸어본 뒤, 현조는 와인을 한 모금 마셨다.

"아. 이게 누구야. 한국인 아가씨…!"

누군가 현조의 눈앞에 얼굴을 불쑥 들이밀고는 허락도 없이 자리에 앉았다. 하비에르였다. 그는 이제 막 퇴근을 하려던 참에 슬프게 혼자 앉아 술을 마시는 그녀를 보고 친구가 되어주려고 왔다고 했다. 친구라니. 현조는 코웃음을 쳤다. 그는 현조의 동의는 구하지도 않고 직원을 불러 와인 잔 하나를 더 달라고 했다. 매니저가 잔을 주며 현조의 눈치를 살폈지만, 그녀는 괜찮다는 듯 직접 와인 병을 집어 들고 하비에르의 잔에 와인을 따라주었다. 현조는 와인을 마시자 움직이던 그의 목울대와 아직 덜 말라서 젖어 있는 머리카락, 스칼렛 리조트의 직원용 폴로셔츠 위로 드러난 그의 단단한 상체를 보았다. 하비에르는 그런 시선을 즐기는 듯 테이블 가까이 의자를 바짝 당겨서 현조 앞으로 몸을 기울인 채 쉴 새 없이 떠들었다. 아까 함께 수영이라도 했으면 좋지 않았겠느냐며 인피니티 풀은 사용해보았는지 물어왔다. 아니라는 현조의 대답에 하비에르는 파도 소리를 들으며 수영할 수 있는 근사한 시설을 왜 사용하지 않느냐고, 언제까지 스칼렛에 머무느냐고 물었다.

"글쎄, 어쩌다 보니 그렇게 됐네. 오늘이 마지막 밤이야."

"호텔 존으로 가?"

"아니."

"어디로 가는데?"

"그런 것까지 알려줘야 해?"

하비에르가 웃음을 터트렸다. 그는 고개를 저으며 알려주고 싶지 않으면 알려주지 않아도 된다고 말했다. 마지막 밤에 자신이 함께 와인을 마셔주어 외로움이 덜어지지 않았느냐는 말도 덧붙였다. 현조는 또 한 번 코웃음을 쳤다. 그에게 말을 거르지 않고 떠오르는 대로 뱉어내기 시작했다. 하비에르는 현조가 그의 저속함과 무례함에 빈정대고 비웃어도 화내지 않았다. 오히려 더 해보라는 듯이 자극적인 말로 현조를 부추기며 무슨 심한 말을 들어도 웃음으로 넘겨버리고 현조를 자극했다. 두 사람은 이상한 신경전에 돌입했는데, 둘 다 거기에 자존심이 걸린 것처럼 지지 않으려 애를 쓰는 것 같았다. 그러다 둘 다 입을 다문 순간이 찾아왔다. 습도 높은 눅눅한 바람에 현조의 원피스 자락이 물을 먹은 듯 무겁게 팔랑거렸다. 현조는 남은 와인을 입에 모두 털어 넣었다.

두 사람은 함께 현조의 방으로 돌아왔다. 두 번 다시 만나지 않을 사이라는 것을 현조, 하비에르 둘 다 알고 있었으므로, 모든 일은 신속하고 군더더기 없이 진행되었다. 방에는 허니무너를 위한 웰컴 드링크로 호텔에서 제공한 샴페인과 과일이 있었지만, 둘 다 거기엔 눈길도 주지 않았다. 방문이 닫히자마자 하비에르는 현조의 허리를 끌어당겨 입을 맞췄다. 현조는 하비에르의 폴로셔츠를 벗겨내고 그를 밀어 침대 위에 눕혔다. 모든 신경이 빠르고 예민하게 타오르는 것 같았다. 현조에게는 감정과 감각의 틈새를 모두 메워줄 몸만이 절실히 필요했다. 현조는 하비에르의 단단한 배와 가슴을 더듬었고, 길고 굵은 목에 입을 맞춘 후 천천히 바지 안으로 손을 집어넣었다. 하비에르는 현조가 자신의 몸을 마음껏 즐기도록 참을성 있게 기다려주었고, 자신도 현조도 준비가 되었다는 것을 알자마자 몸을 일으켜 현조를 침대 위에 눕혔다. 시종일관 능글맞던 하비에르의 얼굴에서 웃음기는 죄다 빠져 있었다. 조급했던 현조와 달리 하비에르는 현조를 달아오르게 만드는 데 꽤 공을 들였다. 현조는 가슴에 입을 맞추는 하비에르의 짙은 눈썹을 엄지로 쓸었다. 그의 젖은 머리에서 나는 바닐라 향을 맡으며 눈을 감자 다른 남자가 눈앞에 떠올랐다. 익숙한 얼굴의 다른 남자. 막다른 골목에 몰린 듯 그의 잔상이 덮쳐들면 현조는 하비에르를 더욱 꽉 끌어안았다. 그런 현조를 이해한 것인지 하비에르는 현조의 속도와 리듬에 맞춰 그녀를 안았다. 하비에르는 빠르게 사정했다. 그의 몸이 현조에게서 떨어져 나가고, 차오르는 숨이 가라앉자 현조는 망망대해에 혼자 떨어진 듯 가라앉는 기분이 들었다.

  그런 현조의 마음을 눈치챈 것인지, 하비에르는 오른쪽으로 돌아누워 숨을 고르던 현조의 뒤로 다가왔다. 그녀의 어깨에 입을 맞추고 큰 손을 앞으로 뻗어 그녀의 배와 가슴을 감싸 안았다. 하비에르의 손은 뜨거웠다. 차가운 바다에 끝없이 가라앉다가 따뜻한 손길에 건져 올려지는 기분을 만끽하며 현조는 천천히 하비에르를 향해 돌아누웠다. 길고 긴 입맞춤 끝에 다시 두 사람의 몸이 뒤엉켰다. 하비에르가 자신을 더듬고 몸에 입을 맞출 때마다 현조는 그 어떤 섹스에서보다 짜릿함을 느꼈으나, 동시에 어딘가 찢어지는 듯한 고통도 동시에 감각했다. 아무것도 생각하고 싶지 않았음에도 모든 것들이 머릿속에 달라붙어 사라지지 않았다. 두 번째 섹스는 이전보다 더 길었고 쾌락과 절정의 행복이 온몸을 충만하게 채워주었다. 그러나 하비에르와의 완벽한 두 번째 섹스는 결국 도훈과의 첫 섹스를 불러일으켰다. 그의 단단한 어깨에 입술을 대고 넓은 등에 손을 얹자 비슷한 몸의 주인이 또렷이 떠올랐다. 잊으려 할수록 그 기억은 더 분명하게 그녀와 몸을 맞댄 하비에르라는 존재를 부각시켰고, 동시에 그를 지워나갔다.

도훈이 어깨에 지울 수 없는 상처를 입은 그날, 두 사람은 처음으로 관계를 가졌다. 주위에 가로등도 없어 칠흑 같은 어둠 속에서 오로지 달빛에만 이끌린 두 연인은 해변의 커다란 바위 뒤에 몸을 숨긴 채 한참 다정한 키스를 주고받았다. 도훈은 현조의 목에 조심스레 입을 갖다 댔다. 현조가 그의 등에 손을 두르고 그를 바짝 끌어안자, 도훈은 입술로 그녀의 뺨과 목을 쓸었다. 그리고 곧 그녀의 얼굴과 입술과 목을 핥았다. 그의 혀가 너무 따뜻하게 느껴졌던 현조는 그의 혀를 삼킬 듯이 자신의 입 안에 넣었다. 도훈은 현조를 천천히 눕혔다. 그는 그녀를 한참 바라보았으며, 그녀 역시 그를 한참 응시했다. 도훈은 부서질 것을 만지듯 현조의 얼굴에 손을 얹었고, 그녀의 끄덕임에 쇄골을, 가슴과 허벅지를 쓸었다. 현조는 몸에서 열이 나는 것만 같았다. 그녀는 부드럽게, 아주 소중히 자신의 몸을 애무하는 도훈의 손을 잡았다. 그리고 그를 눕히고 그의 위에 올라앉았다. 현조는 단단한 어깨와 팔에, 부드럽고 듬직한 그의 가슴에, 그의 상처에 키스했다. 할 수만 있다면 그를 집어삼키고 싶었다. 파도와 함께 도훈은 그녀 안으로 밀려들어 갔다. 모든 것이 끝난 후, 두 사람은 꼭 끌어안은 채 바다에서 모래를 씻어냈다. 어린아이처럼 깔깔 소리 내어 웃고 입을 맞추고 장난을 쳤다.

두 번째로 사정한 후, 하비에르는 현조의 방 미니바에 있는 데킬라 미니어처를 뜯어 그 자리에서 모두 마셨다. 그는 대충 옷을 꿰어 입고는 현조의 이마에 입을 맞췄다.

열두 시가 다 되어가고 있었다.


메시지가 도착하는 소리가 울렸다. 현조는 휴대폰을 켰다. 네 개의 메시지가 와 있었다. 현조는 휴대폰을 도로 꺼버렸다. 메시지 함을 열면 마주하고 싶지 않은 것들이 눈에 띌 터였다. 침대 위에 앉아 무릎 사이에 얼굴을 묻은 채 한참을 가만히 있던 그녀는 문득 왼쪽 손목이 가볍다는 것을 깨달았다. 시계가 없었다.

현조는 테라스의 쪽문을 열고 뒤뜰을 지나 파도 소리가 들려오는 쪽으로 걸어갔다. 어두운 조명 길을 따라 걷자 카리브해의 백사장이 나타났다. 모래 안으로 현조의 발이 푹푹 꺼졌다. 파도 소리에 삼켜질 만큼 해변 가까이 걸어간 뒤, 현조는 젖은 모래 위에 주저앉았다. 새카만 하늘에는 별이 가득했다. 북두칠성이 보였다. 큰곰자리. 작은곰자리. 도훈이 사랑한 큰곰자리, 현조가 좋아하는 북극성의 작은곰자리. 현조는 도훈이 칼리스토와 아르카스의 신화를 좋아했단 걸 떠올렸다. 사랑하는 아들에게 결국 죽고 마는 어머니의 이야기를.

천천히 백사장을 따라 걸으며 현조는 자신의 두 손을 펴보았다. 아무것도 없는 깨끗한 손목. 그녀에게 남은 것은 하비에르가 훑고 지나간 쾌락의 잔상뿐이었다. 하비에르와의 섹스가 머리에 떠오르자 현조는 멈추지 못하고 어두운 해변을 배회했다. 옷자락이 젖는 것, 부서진 조개껍데기를 밟아 발바닥에 상처가 나는 것은 아랑곳하지 않고 걸었다. 하비에르와의 섹스가 좋았다는 것을 부정할 수 없었다. 현조는 스스로 물었다. 도훈이 자신에게만 마음을 주지 않고 두 개의 나누어진 마음을 가진 것에 대한 그녀의 원망이 과연 지금도 정당한지를. 이로써 그녀가 지금껏 견뎌온 것들이 아무 의미가 없어진 것은 아닌지를. 몸을 뜨겁게 데워주었던 하비에르가 스쳐 가고 마음속에 미구엘의 잔상이 일어나자 현조의 발걸음은 더 무거워졌다. 감각은 실재했으나 감정의 존재는 미묘했으므로 아무것도 정확하게 말할 수 없었다. 허전한 손목을 꽉 쥔 채 현조는 해변의 끝과 끝을 오갔다. 얼굴 근육이 여러 번 파르르 떨렸으나 현조는 끝끝내 울지 않았다. 울 수 없었다. 조개껍데기에 베인 발바닥이 시큰거렸고 따가웠지만 아랑곳하지 않고 해변을 밟아나갔다. 하늘이 푸르게 물들어 올 때까지 해변을 헤매던 현조는 바다가 태양 빛으로 물들기 시작할 무렵에야 방으로 돌아갔다. 시계마저 잃어버려 더는 아무것도 남지 않은 빈손으로.

**9**

두 번째 바롤로,

우물 파는 여자,

잃어버린 여자

　한남동의 리스토란테, 프로슈토 햄으로 감싼 멜론, 화이트와
인과 올리브유와 고수에 버무린 문어와 감자, 깔라마리가 올라
간 애피타이저, 트러플이 잔뜩 올라간 파르미지아노 레지아노
리조또, 루꼴라와 치즈를 곁들인 안심 스테이크, 엘리오 알타레
바롤로 깐누비 2013년 빈티지까지. 두 사람이 만난 지 이 년이
되던 날, 도훈은 현조와의 첫 만남을 그대로 재연했다. 2차에서
마셨던 그 바롤로와 똑같은 것을 리스토란테에서 마실 수 있게
준비했다는 것이 다른 점이라면 다른 점이었달까. 서로를 알아
가고 싶은 마음이 싹텄던 바로 그 날을 재연하여 자신의 피폐해
진 마음을 달래주고 싶은 것이 도훈의 속사정이었을 거라고 현
조는 생각했다. 서로에게 호감을 느끼게 만든 바롤로였으니까.
　도훈이 미리 열어서 가져온 바롤로는 부드럽고 근사한 맛과
향을 자랑하고 있었다. 도훈이 지금 마셔보니 어떠냐고, 예전에

느꼈던 거랑 다른 것을 알겠느냐고 눈을 반짝이며 현조에게 물어왔지만, 현조가 할 말은 꽤나 한정되어 있었다. 도훈이 예전에 말했듯 말린 장미와 야생 딸기, 잘 익은 붉은 과육, 우아한 흙의 향기, 맛있는 바롤로, 그게 그녀가 할 수 있는 대답의 전부였다. 시간이 지나며 바뀌는 맛에 대한 호기심도, 다른 어떤 것도 현조에겐 관심 밖의 일이었다. 현조는 단 하나, 그 여자라면 이 바롤로에 대해 뭐라 말했을지 그것이 궁금할 뿐이었다. 현조는 조금 아쉬워 보이는 도훈의 표정을 보지 못했고, 그저 맛있다는 말로 바롤로에 대한 이야기를 압축시켰다. 사실 현조는 도훈 몰래 한남동이 아니라 방배동의 비스트로를 예약했었다. 그 여자의 인스타그램에서 종종 발견했던 프렌치 비스트로. 도훈과도 간 적이 있는 것 같았다. 그 여자와 그 비스트로에서 만들어낸 장면들을 자신의 것으로 대체해야 했는데. 현조는 초조했다.

"2차는 그때 그 와인 바 예약해뒀어."

"난…. 사케 마시고 싶은데. 이자카야 가면 안 돼?"

느릿느릿, 질질 끌듯이 현조가 말했다.

"이자카야…? 전에 자기 사케 안 받아서 못 마신다고 하지 않았어?"

"아냐, 잘 마셔."

마지막 한 모금이 남은 와인 잔을 만지작거리며 생각에 잠긴 도훈은 곧 알겠노라며 와인바 대신 다른 이자카야를 알아보았다. 현조가 가고 싶은 곳이 있다며 한 이자카야의 이름을 대자,

도훈의 표정이 잠깐 굳었다. 그곳을 가본 적 있느냐고 묻는 도훈에게 현조는 그곳이 유명하다기에 들어만 봤다고, 오히려 도훈에게 가본 적 있느냐고 물었다. 도훈은 갑작스러운 질문에 당황한 듯 일로 만난 사람들과 와본 적이 있다며 말을 더듬었다. 그랬겠지. 현조는 입술을 깨물었다.

두 사람은 택시를 타고 신사동의 이자카야로 갔다. 생각보다 작고 허름한 곳이어서 놀랐지만, 현조는 내색하지 않고 자리에 앉았다. 현조는 인스타그램에서 본 대로 따끈하게 데운 도쿠리에 어묵탕과 시샤모 구이를 주문했다. 도훈은 말없이 술만 마셨고, 현조는 사케로 입만 살짝 축인 뒤 무를 잘라 먹고 어묵 국물을 들이켰다. 속이 좋지 않았다.

"그 바에 아마로네 준비해 뒀었는데."

도훈이 중얼거렸다.

"다음에 가서 마시면 되지."

현조는 도훈과 잔을 부딪쳤다. 속이 좋지 않다는 신호가 계속되고 있었지만, 술에 손을 대지 않고 있다는 것을 도훈이 눈치챈 것 같았기 때문에 마시지 않을 수가 없었다. 평소보다 느릿한 말투로 말해야 한다는 점과 사케를 잘 마신다는 것을 보여주려 하다 보니 여러모로 신경 쓰이는 구석이 많아 현조는 마음조차 편안하지 않았다. 도쿠리 두 병을 마시고 난 뒤, 두 사람은 결국 자리에서 일어났다. 현조가 속이 거북해서 더 음식을 먹을 수 없었기 때문이었다. 도훈은 묵묵히 계산을 하고 나와 택시를 불렀다.

함께 특별한 밤을 보내기 위해 예약해둔 숙소로 가는 내내 두 사람은 말이 없었다.

"언제부터 사케를 잘 마시게 된 거야?"

편의점에서 몰래 숙취 해소제를 사 먹고 방으로 돌아온 현조에게 도훈이 물었다. 평소보다 낮은 온도의 목소리였다. 현조는 대답을 얼버무리며 코트를 벗었다. 그가 앉아 있는 기다란 소파 옆에 코트를 두고 도훈에게 다가가 어깨에 기댔다.

"속은 괜찮아?"

현조는 고개를 끄덕였다. 물론 거짓말이었다. 당장이라도 토하고 싶은 기분이었다. 도훈이 예약해 둔 반 얀 트리의 풀 프리미어 스위트룸은 남산과 서울의 아름다운 야경이 내려다보이는 근사한 장소였다. 사케만 마시지 않았더라면, 속이 쓰리지 않았더라면 아니 애초에 도훈이 그 여자를 만나지 않았더라면…. 함께 따뜻한 풀에 들어가 야경을 보며 샴페인을 마셨을 터였다. 그 여자라면 이제 어떻게 했을지 상상하고 유추하느라 현조는 속이 더 쓰린 것 같았다. 도훈은 샴페인을 땄다. 창밖, 짙은 산등성이 위에 올라선 서울타워와 밤거리의 불빛들을 바라보며 그는 혼자 샴페인을 마셨다. 같이 마시자는 말은 없었다.

최근 들어 특히 도훈이 출장에서 돌아온 뒤, 현조는 자신을 바라보는 도훈의 눈빛이 뭔가 변해간다는 것을 느끼고 있었다. 만나는 횟수는 주 3~4회로 이전과 비슷했고, 행동에 달라진 점은 없었지만 도훈이 뭔가 이상하다는 것을 현조가 확신한 날은 바로 그날 저녁, 이 주년을 기념하던 저녁이었다.

"코트… 못 보던 거네?"

자신 옆에 놓인 현조의 코트를 만지작거리며 도훈이 나지막이 말했다.

"응. 왜? 별로야?"

미니바에서 물을 꺼내 마시며 현조는 그가 있는 쪽을 향해 대꾸했지만, 아무 대답이 없었다. 현조는 고개를 돌려 도훈을 쳐다보았다. 그는 코트에 붙은 라벨을 꺼내 보고 있었다. 며칠 전 띠어리에서 새로 산 연회색의 울 코트였다. 그 여자가 가진 것과 디자인은 같았지만, 흰 피부와 날카로운 얼굴선을 지닌 현조에게는 진회색보다 연회색이 더 어울렸기 때문에 색상은 달랐다. 자리에서 일어난 도훈이 코트를 자신의 코트 옆에 걸어 두는 것을 보고 현조는 부엌으로 돌아와 편의점에서 사 온 숙취 해소제를 몰래 하나 더 먹었다. 도훈은 요즘 그녀의 스타일이 좀 변했다고 한 것 외에는 별말이 없었다. 평소처럼 서로의 이야기를 주고받았지만 도훈의 눈빛에서는 그 어떤 동경이나 애정도 보이지 않았다. 그날 저녁 그는 그녀에게 더는 컨디션이 어떤지조차 묻지 않았고, 그의 컨디션에 대해 언급하지 않았다. 둘은 프리미어 스위트 안에 놓여 있는 커다란 대리석 풀을 사용하지 않았으며 사랑을 속삭이는 것도 없었고 서로를 쓰다듬고 만지는 것도, 하다못해 짧은 입맞춤조차도 없었다. 이 주년이었지만 아무런 말도 없이 그런 식으로 두 사람은 밤을 보냈다.

현조는 그날 밤을 꼬박 새웠다. 단 1분도 눈을 붙일 수 없었다. 사실 불면증이 현조에게 되돌아온 지는 오래였다. 도훈의 마음이 두 개인 걸 알기 전, 현조는 그가 곁에 있으면 장소가 어디든 머리만 대도 잠을 잘 수 있었다. 그러나 이제는 고급 스위트룸, 그의 집, 그의 침대, 그의 품 안에서조차 잠들 수 없었다. 체중도 조금씩 꾸준히 줄어들고 있었다. 현조는 스위트룸의 커다란 침대에 누워 잠든 도훈의 숨소리를 들었다. 그의 숨소리가 점차 안정되자 현조는 휴대폰을 집어 들었다. 어둠 속에서 그 여자의 인스타그램 계정을 확인했다. 새로운 사진이 추가되어 있었다. 루프탑 바처럼 보이는 곳에서 도훈이 아닌 다른 남자와 뺨을 맞댄 채 찍은 사진, 그다음은 그와 입을 맞추며 찍은 사진. 사진을 살짝 누르자 남자의 계정처럼 보이는 태그가 사진 위에 떴다. 그 계정에 들어가자 두 사람의 사진이 잔뜩 있었다. 함께 보낸 휴가라던가 데이트, 쇼핑, 서로의 생일 그리고 기념일을 축하하며 마신 술들. 현조는 몸을 일으켰다. 그 여자가 만나는 남자는 도훈 한 사람이 아니었다.

다음 날 아침, 두 사람은 조식을 먹으러 라운지로 향했다. 도훈은 플레인 요거트와 그래놀라, 크루아상을 먹었고 전날의 숙취와 속 쓰림이 여전했던 현조는 전복죽을 먹었다.

46.5킬로그램.

라운지로 내려오기 전, 방에 있던 체중계로 몸무게를 쟀을 때

뜬 숫자였다. 170센티미터가 조금 넘는 자신의 키를 생각하면 너무 적은 숫자였고, 몸 역시 그 숫자를 버텨내기 힘들어지던 터였다. 두 사람은 말없이 각자의 앞에 놓인 음식을 먹었다. 내가 얼마나 더 해야 도훈은 그 여자에게서 보는 것들을 내게서 찾을 수 있을까. 내가 얼마나 더 버틸 수 있을까. 오늘 아침 체중계 위에서 본 숫자를 떠올리며 현조는 생각했다. 죽을 겨우 두어 술 삼켰을 무렵, 테이블 맞은편에 놓여 있던 도훈의 휴대폰이 울렸다. 위에 뜬 낯선 여자의 이름, 잠깐 흔들리는 도훈의 눈빛, 그리고 메시지를 확인하며 미묘하게 올라간 그의 입꼬리까지. 간신히 붙들고 있던 이성의 끈이 끊어지는 소리가 들렸다.

"그 여자, 자기 말고 만나는 남자가 따로 있는 건 알아?"

"뭐?"

도훈의 미간이 순간 찌푸려졌다. 그는 무엇을 먼저 물어야 할지 말을 고르고 있는 것처럼 보였다. 따뜻한 커피를 천천히 한 모금 마신 뒤, 도훈이 물었다. 그걸 어떻게 알았느냐고. 현조는 그 여자를 염탐한 것을 굳이 숨기고 싶지 않았다. 그래서 모든 사실을 도훈에게 알려주었다. 최대한 나긋하게, 천천히 말을 골라가며, 단 한 가지 진실은 제외하고서. 현조는 왼쪽 손을 슬그머니 테이블 아래로 내렸다. 현조는 인스타그램으로 그녀를 보고 숍에 찾아가 보기도 했던 것을, 있었던 일들만을 이야기했다. 도훈은 왜 그랬느냐고 묻지 않았다. 현조의 이야기를 들으며 도훈은 이마를 만졌고, 아랫입술을 깨물었고, 손가락 깍지를 꼈다가 풀기를 반복했다. 현조의 말이 모두 끝나자 얼마간 침묵하던 도훈은 한숨을 쉬며 눈을 감았다. 그의 얼굴에 떠오른 이제 알겠다는 표정. 이해하겠다는 그 표정이 현조는 불길하게만 느껴졌다.

도훈은 손을 뻗어 테이블 위에 놓여 있는 현조의 오른손을 쥐었다. 신중하게 한마디 한마디를 입 밖으로 꺼내기 시작했다.

다른 누구도 아닌 현조를 사랑한다고 말했다.

그 여자를 사랑하는 것과 사랑하는 이유, 그리고 현조를 사랑하는 것과 그 이유. 그것들은 완전히 다른 방식이며 서로 영향을 미치지 않는다고 말했다. 자신과 그 여자가 누군가를 사랑하는 방식은, 즉 자신들 같은 사람의 마음은 현조가 받아들이기 어려운 개념인 것을 이해한다고 말했다. 그리고 현조가 자신을 이해하려 애쓰고 자신을 받아들여 준 것처럼, 자신 역시 현조를 위해 얼마든지 기다릴 수 있다고 말했다.

얼마든지 기다릴 수 있다는 말. 온몸에서 피가 빠져나가는 것 같았다. 현조는 자신의 얼굴이 새하얗게 질려가는 게 느껴졌다.

현조의 손이 살짝 떨렸다. 도훈은 현조가 패닉에 빠진 이유를 잘못 이해한 것 같았다. 그녀의 낯빛을 보고 맞은편에서 옆자리로 건너와 앉은 그는 다정하게 현조의 어깨에 왼팔을 두르고 오른손으로 현조의 오른손을 감싸 쥐었다. 도훈이 무어라 속삭이고 있었으나 그 말들은 한마디도 현조에게 가 닿지 못하고 허공에서 스러졌다. 현조는 그의 말이 들리지 않았다. 아무것도 들을 수 없었다. 현조는 이 상황이 무한대로 계속되는 세상을 상상하

고 있었다. 마음은 점점 말라가고, 왼쪽 손목에 찬 시계는 무거워
지며, 도훈은 자신을 기다려준다 말하고 그 여자와 계속 만남을
이어가는 세상. 또 다른 세상도 상상할 수 있었다. 도훈이 사라져
버린 세상. 현조는 가장 끝에 도달했을 때 자신이 하려 했던, 하
려 상상했었던 말을 떠올렸다.

　결혼.

　며칠 뒤, 현조는 도훈에게 결혼하자고 말했다.

## 10

답답한 여자,

되찾은 손목시계,

선택하는 여자 1

현조는 프런트에서 걸려온 전화에 잠에서 깼다. 이른 아침이었다. 프런트 직원은 그녀에게 미구엘이라는 사람이 기다리고 있다며 어떻게 해야 할지를 물었다. 어차피 아침 일찍 체크아웃할 예정이었으므로 그녀는 직원에게 곧 그리로 갈 테니 방으로 짐을 옮길 벨보이를 불러 달라고 부탁했다. 새벽에 잃어버린 시계에 대한 메시지를 프런트에 남겨놓았던 현조는 전화를 끊기 전 혹시 발견된 가죽 시계가 있는지를 물었지만, 없다는 대답만이 돌아왔다. 짐을 챙긴 현조는 숄더백을 메고 방을 나섰다. 마침 캐런과 데이빗도 리조트를 떠나려는 듯 짐을 챙겨 방문을 나서고 있었다.

"체크아웃 하러 가나 봐요?"

캐런이 살갑게 물어왔다.

"네. 두 분도?"

현조는 캐런과 데이빗의 방 앞에서 엉거주춤한 자세로 선 채 대답했다.

"네. 우린 호텔 존으로 가요. 르 블랑에서 묵기로 했죠. 당신도 호텔 존으로 가나요?"

"아, 전 거기보다 더 위로 가요. 플라야 무헤레스 지역의 리조트로요."

"아아. 아쉽네요. 호텔 존이면 택시를 같이 타도 좋았을 텐데."

현조는 대화에 전혀 끼어들지 않고 멀거니 서 있는 데이빗을 흘끗 보았다. 택시 합승 이야기가 나오자 대놓고 얼굴이 굳는 것이 눈에 띄었다.

"그러게요. 그럼 즐거운 허니문 되세요."

현조는 웃으며 인사하고는 빠른 걸음으로 캐런과 데이빗을 지나쳤다. 곧 그들도 현조와 약간 거리를 벌린 채 뒤에서 걸어오는 것이 느껴졌다. 셋 다 체크아웃을 해야 해서 결국 이동 방향이 같았으므로 현조는 본의 아니게 뒤에서 들려오는 대화를 들을 수밖에 없었다. 어느 호텔에 가는지는 왜 알려줬는지, 택시 합승 제안은 왜 한 건지 불평하는 데이빗의 목소리가 들려왔다. "같은 방향이면 합승하는 게 뭐가 나빠. 돈 아끼고 새로운 사람 만나고 좋지"하고 캐런이 대꾸했다. 둘 다 목소리를 낮췄지만 천장이 높은 복도여서 두 사람의 속삭임은 먼 곳까지 또렷하게 울려 퍼졌다. 현조는 두 사람의 이야기에 최대한 귀를 기울이지 않으려 애쓰며 건물을 벗어났다. 복잡한 건물 밖으로 나서자 치첸이사 모형 분수가 한가운데 놓여 있는 수영장에서 알록달록한 수영복을 입은 아이들이 깔깔거리며 튜브를 타고 놀고 있었고, 부모로 보이는 사람들이 선베드에 누워 아이들에게 위험하게 놀지 말라고 소리를 지르고 있었다.

"저기에서도 수영해보고 싶었는데…."

샐쭉한 캐런의 목소리가 들려왔다.

"애들이 저렇게 많은 데서? 시끄럽고 거슬리는 시간이었을 거야. 내기해도 좋아."

"어제 저녁에라도 들어가 볼 걸 그랬어. 저녁엔 아이들이 많이 없거든."

"다음에. 르 블랑에 더 좋은 수영장이 있겠지."

"거기엔 치첸이사 모형이 없겠지만…. 그래."

현조는 더 빠르게 걸었다. 두 사람의 대화가 듣기 싫었다. 캐런의 말 한마디 한마디가 답답하게 느껴졌다. 배려와 양보가 없는 데이빗도 짜증 났지만, 더 정확히 원하는 바를 말하지 못하고 데이빗에게 끌려다니는 듯한 캐런에게 왠지 모를 짜증이 치밀었다. 리조트 입구에 가까워지자, 저 멀리서 현조를 알아보고 손을 흔드는 미구엘이 보였다. 선글라스를 끼고 반소매 티셔츠에 핑크색 쇼츠 차림을 하니 정말 10대로 보였다.

"좋은 아침이에요. 조."

"응. 좋은 아침이야. 근데 무슨 일이야? 또 형의 대타?"

"아. 그런 건 아니고. 이거, 조의 것 아니에요?"

미구엘은 다급히 주머니에서 뭔가를 꺼내 들어 보였다. 익숙한 손목시계였다. 현조는 자기도 모르게 헉하고 숨을 들이마시며 시계를 건네받았다.

"이게 어떻게 너한테…?"

"어제 버스에 조의 자리 발치에 내 가방이 있었잖아요. 집에 가서 보니 이게 그 안에 떨어져 있더라고요. 손목에서 시계 뺀 적 있었어요?"

현조는 바로 어제, 싸씨 세노테에서 함께 수영하러 가자는 미구엘의 제안을 거절하며 헐거운 시계를 끌렀다는 것과, 버스에서 다시 손목에 차지 않고 계속 그것을 손에 쥐고 있다 잠이 들었다는 것을 떠올렸다. 시계는 아마 그때쯤 손에서 떨어졌을 것이었다.

"맞아. 여기까지 돌려주러 오다니. 고마워, 미구엘."

"아니에요. 중요한 물건 같은데 잃어버리면 슬플 것 같았거든요. 아, 조. 잠깐 할 말이 있는데 기다려 줄 수 있어요? 글로리아에게 물건 반납을 해야 하는 게 있어서. 금방 다녀올게요."

현조는 고개를 끄덕였다. 아직 택시도 부르지 않은 데다가 벨보이가 캐리어를 가져다주려면 좀 더 기다려야 할 터였다. 그녀는 이어폰을 귀에 끼고 음악을 틀었다. 그리고 시계를 왼쪽 손목 위에 조심스럽게 올려놓고 잠깐 시계를 쳐다보았다. 간밤 하비에르와의 일이 떠올랐다. 그녀는 멀리 파랗게 빛나는 카리브해로 시선을 돌렸다. 머릿속에 남은 잔상과 생각이 모두 파도와 함께 쓸려나갔으면 좋겠다고 생각하며 시계를 손목에 채웠다.


"칸쿤까지 와서 스노클링도 스쿠버 다이빙도 실컷 못하니까 그렇지."

"르 블랑에서 가면 되잖아. 내가 안 간다고 그랬어? 왜 이렇게 수영 타령이야."

"카리브해에 왔는데 당연히 바다에서 수영하고 싶지 않겠어? 이틀 동안 인피니티 풀 한 번 가고 우리 방 안에 있던 자쿠지로 스파한 게 물에 몸을 담근 전부였다고."

캐런의 언성이 이만큼 높아진 것은 처음이었다. 현조는 이어폰은 그대로 귀에 끼워둔 채 음악을 꺼버렸다. 두 사람은 현조 바로 뒷자리 소파에 앉아서 택시를 기다리며 마침내 말다툼을 벌이고 있었다.

"그러면 어제 셀하에 가자고 말했으면 됐잖아. 치첸이사가 아니라."

"자기가 얼마나 치첸이사에 가고 싶어 했는지 아는데 어떻게 그런 말을 해? 그리고 첫날에 차라리 쇼핑을 하던가. 왜 오늘 가겠다는 거야? 그날 자기는 아무것도 안 하고 선베드에만 누워 있고. 나만 혼자 풀에 덜렁 있고…."

"자기가 치첸이사 가는 것 괜찮다며. 그리고 첫날 얘기는 왜 해? 자기는 왜 그렇게 이기적이야?"

"내가, 내가 이기적이라고?"

캐런은 거의 울 것 같은 목소리였다. 현조 앞을 지나가던 직원들이 현조 어깨너머로 두 사람을 흘끗거렸다.

"캐런, 첫날 나는 내가 원하던 대로 아무것도 안 했고, 자기는 그토록 원하던 수영을 했잖아. 인피니티 풀에서. 치첸이사는 자기도 괜찮다고 해서 간 거였다고. 우리 둘 모두를 생각한 선택이었단 말이야. 그런데 그걸 날 탓하다니 그게 자기만 생각하는 게 아니면 뭐란 말이야?"

현조는 귀에서 이어폰을 빼며 저도 모르게 코웃음을 쳤다. 데이빗이 그날 캐런에게 치첸이사에 가고 싶지 않느냐고 물었을 때 분명 캐런은 데이빗이 가고 싶어서 가는 거라고, 싫지는 않다고 말했다. 그 말 아래에 숨겨진 뜻을 데이빗이 몰랐을 리가 없었다.

"난 자기가 좋아서 가는 거라고 싫지 않다고만 했지, 내가 좋다고 한 적은 없었어."

낮고 빠르게, 중얼거리듯 캐런이 말했다. 현조는 하마터면 고개를 뒤로 돌릴 뻔했다.

"어? 뭐라고?"

데이빗이 다시 물었다. 캐런의 말을 듣지 못한 것 같았다. 듣고 싶지 않은 것일지도 몰랐다. 때마침 벨보이가 현조에게 여행용 캐리어를 가져다주었고, 프런트 건물 안쪽에서 미구엘이 현조를 보고 손짓하며 다가오고 있었다. 현조는 자리에서 일어섰다. 뒷자리의 대화는 계속 이어지고 있었다.

"아무것도 아냐."

"왜, 뭐라고 말한 거였어?"

"됐어. 그만하자."

짐을 들고 미구엘에게 가기 전, 현조는 뒤로 돌아 마지막으로 한번 그 영국인 커플의 모습을 보았다. 아무리 물어도 캐런이 답해주지 않자 데이빗은 방금 있었던 대화가 별일 아니라는 듯 프런트에서 제공하는 빵과 커피를 가져오겠다며 자리에서 일어섰다. 캐런은 자리에서 일어서는 그를 바라보지 않았다. 지금껏 어떤 상황에서도 웃으며 데이빗을 바라보던 캐런이었다. 오히려 그녀는 데이빗이 걸어가는 방향과 반대로 고개를 돌려 인피니티 풀과 그 너머 칸쿤의 태양이 진하게 반사되는 바다를 바라보고 있었다. 채도 높은 하늘과 바다의 색채와는 달리 캐런의 눈빛은 삭막했다. 현조는 주머니에서 2달러를 꺼내 기다리던 벨보이에게 건네주었다. 그러고는 뭔가가 꺼져버린 캐런의 모습을 마지막으로 그녀에게서 돌아섰다.


"이제 드림스로 가는 거예요?"

"응. 택시를 불러야 해."

"데려다줄까요? 어차피 일찍 나와서 여유 있는데."

현조는 잠깐 머뭇거렸다. 비싼 물건도 아닌 시계를 돌려주려 여기까지 찾아온 미구엘에게 매정하게 굴고 싶지 않았고, 더 솔직해지자면 이런 식으로 헤어지고 싶지도 않았다. 현조는 미구엘의 제안을 받아들였다. 현조가 프런트에서 체크아웃 하는 사이 미구엘은 자신이 타고 온 밴에 현조의 캐리어를 실었다. 문에 커다랗게 Cenote divers라고 쓰여 있는 커다란 하얀색 밴이었다. 체크아웃을 끝내고 밴 쪽으로 걸어가자, 야구 모자를 쓰고 하얀색 셔츠를 입은 30대 후반쯤 되어 보이는 살집 좋은 한 남자가 운전석에서 내렸다. 그는 리조트에서 제공하는 것으로 보이는 머핀을 두 입 만에 해치우며 자신을 운전사 호르헤라고 소개했다. 호르헤는 손에 묻은 머핀 조각을 털어 버린 뒤 넉살 좋게 현조의 오른손을 잡고 흔들었다.

"출발할까요?"

트렁크에 캐리어를 실은 미구엘이 말했다.

호르헤는 유쾌하고 말이 많은 사람이었다. 영어가 서툴러서 종종 말이 막혀도 계속 현조와 대화를 시도했고, 현조가 별 대단한 이야기를 하지 않아도 껄껄 웃어주었다. 한국 축구와 멕시코 축구에 대해 한참이나 떠들던 그는, 미구엘이 수영하러 가자고 한 것을 들었다고 말했다.

"왜 같이 수영하러 가지 않는 거예요? 혹시 남편이 죽은 것이 마음이 아파서 여기서 아무것도 즐기지 못하는 것인가요? 남편이 죽은 것은 참 유감이에요. 하지만 호텔에만 있는 것은 여기에 온 의미가 없지 않겠어요? 아름다운 곳에서 자유롭게 헤엄치는 것은 마음을 낫게 해주는 데 좀 도움이 될지도 몰라요."

호르헤가 백미러로 현조와 눈을 맞추며 말했다. 당황한 미구엘이 호르헤의 팔을 툭 쳤지만, 호르헤의 얼굴에는 불편한 호기심이 보이지 않았다. 악의가 없었다. 타인의 아픔을 단순한 가십 거리로 여겨 물어보던 이들의 순진하고 무지한 악의. 적어도 그는 현조가 사랑하는 이를 잃었다는 사실에 유감을 표하고 있었고, 그 순간 현조에게 그 마음은 진심으로 느껴졌다. 현조는 스페인어로 호르헤에게 다급히 뭐라 말하는 미구엘을 막았다. 괜찮다고, 그렇게 생각해줘서 고맙다고 호르헤에게 덧붙이는 것도 잊지 않았다. 호르헤는 백미러를 보며 환하게 웃었다. 그리고 미구엘은 아무나 세노테 다이빙에 데려가 주지 않는다고, 게다가 실력이 뛰어난 수중 사진가이기도 하다고, 이번에 가면 어제 본 싸씨 세노테 따위는 기억에도 남지 않을 근사하고 아름다운 세노테를 볼 수 있을 거라며 현조가 답할 틈도 주지 않고 호르헤는 말을 이었다.

"게다가 우리 와이프가 점심을 준비해 주기로 했거든요. 진짜 멕시코 타코를 먹으러 가자고요."

미구엘이 앞좌석에서 뒤를 돌아보았다.

"5분만 더 가면 갈림길이 나오는데 왼쪽은 세노테 방향이고, 오른쪽은 드림스 방향이에요. 스테파니의 콩요리는 진짜 맛있어요. 어때요, 조. 아직도 같이 갈 마음이 없어요? 그 세노테 정말 근사한 곳인데."

"정말로 그렇지!"

호르헤가 맞장구쳤다. 미구엘은 여전히 현조의 답변을 기다리고 있었다. 그녀는 고개를 숙이고 시계를 만지작거렸다. 어째서 그 순간 하비에르가, 카리브해를 바라보던 생기 없는 캐런의 눈빛이 떠올랐는지 현조는 알 수 없었다. 다시 얼굴을 들자 현조는 자신을 바라보던 미구엘과 눈이 마주쳤고, 기대와 염원이 차 있는 어린애 같은 그의 눈빛에 미소를 지었다.

현조는 새로운 세노테가 보고 싶었다. 미구엘과 함께 그곳에 가보고 싶었다.

좋아. 까짓것 가지 뭐.

# 11

마리아주,

드레스,

죽이는 여자

　두꺼운 미색의 종이, 그 위에 적힌 포도 덩굴이 엉킨 듯한 모양의 글씨, Les vignes Oubliées, 레 빈느 우블리에.

　현조는 레 빈느 우블리에 와인을 집어 들고 손끝으로 와인 병에 붙은 라벨을 한 번 쓰다듬어 보았다. 와인 이름의 뜻이 궁금해지던 찰나, 숍의 매니저가 다가왔다. 키가 현조만큼이나 크고 숏컷을 한 우아한 차림의 여자였다. 그녀는 현조에게 와인에 대한 설명을 듣겠느냐고 물었다. 현조는 고개를 끄덕여 보였다.

　레 빈느 우블리에는 잊혀진 포도밭이라는 뜻으로, 프랑스의 유명한 두 와인 생산자가 프랑스 라르작의 생 프리바(Saint Privat) 마을에서 발견한, 오래도록 버려져서 잊혀가던 한 포도밭을 가리킨다고 했다. 두 사람은 그곳에서 만들어진 두 종류의 훌륭한 와인에 잊혀진 포도밭이라는 이름을 붙여주었다고 했다. 매니저는 오랜 기간 잊혀 있었으나 만들어진 와인의 품질은 무척 훌륭하며, 타임처럼 독특한 허브 향과 검붉은 과실 향이 풍성하게 피어나고 우아하고 부드러운 과실미가 근사하다는 설명도 잊지 않고 덧붙였다.

"어떤 상황에서 와인을 드실 건지 여쭤 봐도 될까요?"

"아…."

현조는 정확히 대답하지 못하고 어색하게 웃어 보였다. 축하용으로 쓸 것을 생각하면 샴페인이, 프러포즈용이란 것을 생각하면 아마로네가, 두 사람의 추억을 생각한다면 바롤로를 고르는 게 좋겠다는 걸 알고 있었다. 하지만 레 빈느 우블리에의 의미를 듣고 나니 그런 상황들과 상관없이 이 와인을 사고 싶었다. 함께 마실 와인은 늘 도훈이 골라왔지만, 그가 이번만큼은 현조가 골라온 와인을 마셔보고 싶다고 했기 때문에 조금은 고민이 되던 찰나였다.

다시 발견된, 잊었다던 포도밭에서 만들어진 훌륭한 와인.

현조는 자꾸만 살이 빠져 추가로 구멍을 뚫어야 할 지경이 된 왼손의 시계를 흘끗 쳐다보았다. 자포자기하는 심정으로 도훈에게 던진 프러포즈라는 수는 딱히 상황에 큰 변화를 주지 못해 보였다. 도훈이라면 결혼을 거절할 것이라고 현조는 생각했다. 행여나 결혼을 승낙한다면 그 여자를 그들의 삶에서 지운다는 것일 거라 여겼다. 하지만 도훈은 여전히 그 여자를 만나고 있었다. 자신의 삶과 현조의 삶 속에도 그 여자를 등장시키면서. 동시에 제대로 된 프러포즈와 함께 결혼 준비를 시작하자고 제안했다.

자신은 정말 도훈과 결혼하고 싶은 걸까? 현조는 이제 그조차 확신할 수 없었다.

하지만 멀고 먼 나라의 신혼여행지들을 생각하면 속 시끄러운 마음은 조금이나마 가라앉았다. 아름다운 휴양지의 바다에서 자유로이 헤엄치고, 근사한 리조트에서 여유롭게 이국적인 음식을 즐길 수 있을 것이다. 그리고 그 여자와 멀리 떨어진 곳에서 도훈과 예전처럼 오롯이 시간을 보낼 수 있을 것이다. 도훈은 현조의 새로운 모습을 느낄 수도, 그래서 마음을 돌이켜 다시 온전한 하나로 합칠 수도 있으리라….

"고객님?"

현조는 불안과 안도가 섞인 한숨을 내쉬었다. 결정을 내린 그녀는 손에 쥐고 있던 와인을 매니저에게 내밀었다.

도훈의 집 문을 열고 들어서자 구운 소고기 냄새가 코 안으로 한껏 밀려들어 왔다. 그날 아침, 장을 보며 현조에게 전화를 건 그는 무슨 와인을 샀느냐고 들떠서 묻다가 이내 현조의 입을 막았다. 어떤 와인을 샀을지 자신이 예상해서 거기에 맞춰 음식을 준비해보겠다는 거였다. 소고기라면 웬만한 레드 와인에 다 어울릴 음식이었다. 현조는 도훈다운 선택이라고 생각했다. 두 사람은 와인 코르크를 열어 둔 채 도훈이 준비한 샐러드 파스타를 먼저 먹었다. 현조는 와인에 대해 숍 매니저에게 들은 이야기들을 도훈에게 전했고, 도훈은 와인 이름의 유래가 매혹적이라는

데 동의했다.

"근데 왜 프러포즈 데이에 이 와인을 선택한 거야? 난 자기가 바롤로나 아마로네를 사 올 줄 알았어."

현조는 말문이 막혔다. 혹시나 자신의 마음을 알아주지 않을까 했던 일말의 희망이 밟히는 순간이었다. 직접 이유를 설명하기에 너무 비참했던 나머지 현조는 그만 우리의 사랑이 잊히지 않고 훌륭한 결말이 나길 바랐다고 아무런 말이나 뱉어버렸다. 도훈은 그 말조차 제대로 이해를 못 한 것인지, 당연히 훌륭한 결실을 맺는 과정에 있지 않느냐는 대답을 할 뿐이었다.

두 사람은 레어로 구운 소고기 스테이크를 먹으며 레 빈느 우블리에를 마셨다. 와인에서는 타임의 독특한 향과 스파이시한 백후추의 향, 그리고 고기를 숙성시킬 때 나는 꼬릿한 향 같은 것들이 느껴졌다. 스테이크와 와인은 꽤나 근사한 페어를 이뤘지만 현조는 어쩐지 한 끗의 아쉬움을 느꼈다. 그녀는 양을 떠올렸다. 양고기 특유의 냄새는 소고기에서 느껴졌던 아쉬움을 채워주며 이 와인의 허브향, 꼬릿한 맛과 미묘하고 더 완벽하게 조화를 이룰 것 같았다.

그때였다. 도훈이 현조의 왼손을 쥐었다. 그는 주머니에서 벨벳으로 감싼 사각 케이스를 꺼냈다. 케이스를 열자 3부 크기의 다이아몬드가 다른 두 개의 다이아몬드에 둘러싸여 막 핀 장미꽃처럼 보이는 로즈골드 색상의 반지가 놓여 있었다.

"자기가 고른 와인이랑, 내가 만든 음식처럼 우리 결혼 생활도 잘 어우러졌으면 좋겠다. 날 이해해주고 받아들여 줘서 고마워."

현조의 왼쪽 손가락에 반지를 끼우며 도훈이 말했다. 쑥스러운지 목소리가 떨렸다. 하지만 현조는 눈을 내리깔고 고개만 끄덕일 뿐, 그 말을 하는 도훈을 쳐다보지 못했다.

"원래 드레스는 엄마가 따라다니면서 봐주는 거야. 이모들한테도 물어봐라. 넌 뭘 다 알아서 하겠다고만 해?"

엄마의 목소리는 완고했다. 웨딩드레스 투어를 도훈과 둘이서만 하겠다는 문자를 보내자마자 득달같이 엄마의 전화가 걸려왔다. 도훈과의 결혼을 내심 껄끄럽게 생각해온 엄마 때문에 지난 상견례 자리가 얼마나 거북했는지를 떠올리면, 현조는 모든 결혼 준비에서 엄마를 빼버리고 싶었다. 하지만 계속 엄마의 말을 듣지 않는다면 엄마와 이모들과 결혼한 사촌들로부터 지겹도록 잔소리를 들을 것이 눈에 뻔했다. 결국 현조는 드레스 투어 날을 엄마에게 알려주었다. 왜 상의도 하지 않고 혼자 투어 날을 잡았느냐고 싫은 소리를 듣고 말았지만.

드레스 투어 날, 현조는 무척 예민해져 있었다. 청담동의 드레스 숍들을 세 군데나 누비고 돌아다녀야 했는데 비가 추적추적 내렸고, 그날따라 도훈이 자신에게 무척 집중을 못 했기 때문이었다. 평소 현조와 있을 때 도훈은 웬만해서는 그 여자와 연락하지 않았다. 그러나 그날따라 어디에 정신이 팔린 건지 자꾸 휴대폰 메시지를 들여다보고 있었다. 그 여자의 연락이라도 기다리는 걸까? 현조는 상상만 해도 등골이 서늘해지는 것 같았다. 이미 도훈을 탐탁찮아 하는 엄마가 혹시나 뭔가 눈치라도 챌까 봐도 신경이 쓰였다.

그래서였는지 현조는 처음 방문한 숍에서 넋이 나간 사람처럼 굴었다. 드레스 숍 원장이 시키는 대로 팔을 이리 넣고, 발은 저곳에 디디고, 인형처럼 움직이는 와중에 도훈의 그 여자가 어떤 웨딩드레스를 입을지도 상상해야 했다. 클래식하면서도 심플하고 세련된 미카도 실크의 머메이드형 드레스. 하지만 첫 번째 드레스 숍은 심플하고 클래식한 것보다는 화려한 비즈 장식이 달린 디자인들이 주를 이루고 있었다. 원장이 현조에게 입히는 것들은 하나같이 엄마와 현조 두 모녀의 마음에 들지 않았다.

"다 예뻐 보였는데, 별로 맘에 들지 않았어?"

"커다란 비즈 장식을 뭘 그렇게 주렁주렁 달아댔는지, 애가 입장하다가 무거워서 앞으로 넘어가겠던데. 도훈이 넌 제대로 본 거 맞니? 아까부터 뭘 그렇게 휴대폰만 보니."

엄마의 말에 도훈은 애꿎은 운전대를 손가락으로 두드리며 머쓱하게 웃어 보였다. 그러나 현조는 도훈이 자신에게 집중하지 않고 있다는 것을 엄마에게조차 들킨 것이 견딜 수가 없었다. 뒷좌석에서 자신을 보는 엄마의 시선이 느껴졌지만, 그녀는 차마 뒤를 돌아볼 수가 없었다. 침묵 속에 세 사람은 두 번째 드레스 숍으로 이동했다.

두 번째 숍은 현조가 머릿속에 상상하기 시작한 이미지와 부합하는 드레스들이 많은 곳이었다. 첫 번째 숍과 비슷한 과정이 이어졌다. 숍 원장이 현조에게 드레스를 입히고, 어울리는 부케를 쥐어 주고 장신구를 달아 준 뒤 원형 포디움처럼 생긴 단상에 세우면, 곁에서 대기하고 있던 직원이 영화나 드라마에서처럼 극적인 동작으로 커튼을 걷었다. 반응과 탄성, 그리고 이어지는 사진 촬영이 보통의 순서였다. 그러나 그날, 엄마가 참석한 현조와 도훈의 쇼에는 한 가지 빠진 것이 있었다. 가장 중요한 관객의 반응과 탄성. 현조가 총 네 벌의 드레스를 입고 단상 위에 섰을 때, 커튼이 열렸을 때, 도훈은 한 번도 그녀를 보고 있지 않았다. "신랑님?" 하고 원장이 부른 후에야 휴대폰 화면을 다급히 누르며 뒤늦게 카메라를 켰다.

두 번째로 입었던 풍성한 A라인의 미카도 실크 드레스를 그에게 보여주며 누구와 연락하느냐고 현조가 물었을 때, 그는 친구라 얼버무렸다. 현조의 목과 어깨선이 근사하다며 괜히 사진만 여러 장 찍었을 뿐이었다. 현조는 이를 악물었다. 다른 드레스 룸에서 신랑의 반응에 까르르 웃는 예비 신부들의 목소리가 들려와 수치와 분노가 차올랐지만, 이곳에서 터트리고 싶지 않았다.

마지막 드레스를 입고 현조는 커튼 앞에 섰다.

"자, 우리 신랑님. 이제 신부님 마지막 드레스 보여드릴게요."

한껏 과장된 톤으로 원장이 말하며 커튼을 열었다. 도훈은 미소를 지은 채 휴대폰을 보고 있었다. 현조는 시간이 흐른 뒤에도 마지막 드레스의 디자인만큼은 아주 정확히 기억했다. 차르르 떨어지는 도비 실크 소재의 머메이드 드레스. 몸에 달라붙어서 움직이기에는 버거웠지만, 상의에 소매가 없어 팔은 자유롭게 움직일 수 있었던 디자인. 현조는 손에 쥐고 있던 연어 색 조화 장미 부케를 내팽개쳤다. 그리고 스커트를 움켜쥐고 들어 올린 채, 단상을 내려 그에게 걸어갔다. 도훈의 손에 들린 휴대폰을 낚아채 보니 화면 위에는 역시 그 여자와 주고받은 메시지가 떠 있었다.

'도훈 씨. 보고 싶다. 너무 오래 못 봤는데, 오늘 저녁은 시간 안 돼요?'

'왜 안 되겠어요. 드레스 고르고, 저녁 먹은 다음에 잠시라도 얼굴 봐요.'

도훈의 마지막 메시지를 읽자마자 휴대폰을 쥔 손이 파르르 떨렸다. 도훈이 도로 전화를 빼앗으려 하자, 그녀는 몸을 돌려 피했다.

"다른 날도 아니고 어떻게 오늘 이래."

당장이라도 소리를 지르고 싶었지만, 그녀는 이를 악물고 도훈을 노려보며 말했다. 엄마가 옆에서 '무슨 일이냐, 왜 이러는 거냐' 물어왔지만 현조에게는 들리지 않았다.

"자기야. 일단 진정해 봐."

"너 같으면 진정이 되겠어? 너 오늘 한 번이라도 나 드레스 입은 거 제대로 쳐다본 적 있어? 그 여자, 그 여자랑… 이따위 메시지나 주고받느라…."

현조의 언성이 높아졌다가 수그러들었다. 엄마가 옆에 있다는 것을 그제야 기억해낸 듯싶었다.

"현조야."

엄마의 목소리가 들려왔다. 현조는 도훈의 휴대폰을 꽉 쥔 채 고개를 숙였다. 진정하라는 도훈의 말에 한 가닥 남아 있는 이성이 끝장날 것 같았고, 엄마를 보면 눈물이 터질 것만 같았다.

"현조야."

단단함이 배어 있는 목소리. 현조는 겨우 고개를 돌려 엄마를 바라보았다. 자신을 바라보는 엄마의 눈에서 확신에 찬, 낯익은 눈빛이 스쳐 지나가는 것이 보였다. 얼마 전 김장을 마치고 본가를 나올 때 엘리베이터에서 보았던 그것. 그리고 독해도 된다는 목소리.

현조는 휴대폰을 도훈의 얼굴에 집어 던졌다. 악, 하는 비명. 휘둥그레 커진 눈, 헤벌어진 입, 고통으로 일그러졌던 얼굴은 곧 당혹스러운 표정으로 바뀌었다. 현조는 도훈의 눈을 똑바로 바라보며 손에서 반지를 빼 그에게 던졌고, 이어 땅에 떨어진 그의 휴대폰을 마구 짓밟았다. 그리고는 옆에 있는 물건을 닥치는 대로 집어 들어 그에게 던졌다. 있는 힘을 다해 그의 뺨을 때리고 가슴을 쳤다. 찢어진 이마와 흐르는 피가 눈에 보였지만 아랑곳하지 않고 그를 때렸다. 드레스가 찢어지는 소리가 들렸다. 그를 때릴 때마다 그녀의 어딘가도 찢어지고 피가 흘렀다. 아니, 피는 이미 흐르고 있었다. 현조는 그를 죽여버리고 싶었다. 도훈이 죽

으면 모든 고통이 끝나지 않을까. 숍의 남자 직원들이 달려와 현
조를 붙들고 도훈에게서 떼어놓을 때까지 현조는 도훈에게 앙상
한 팔을 휘둘렀다. 그동안 반항 한 번 하지 않고 맞던 도훈은 그
제야 소파 위로 쓰러졌다. 직원들이 휴지와 수건을 가져오는 모
습이 보였다. 원형 포디움 위에 앉아 숨을 몰아쉬는 현조의 드레
스 가슴 부분은 도훈의 피가 튀어 붉게 물들어 있었다. 경찰은 부
르지 말라는 도훈의 목소리가 멀리서 희미하게 들려왔다. 사람
들이 말리는 것을 뿌리치고 도훈이 절뚝이며 자신에게 다가오는
것이 보였다. 그와 눈이 마주쳤다.

"미안해. 내가 잘못했어⋯."

현조는 가까이 다가온 도훈의 눈을 보았다. 그의 눈 속에 비친
자신의 눈을 마주했다. 순간 그 눈 속에서 무언가 죽어버리는 것
이 느껴졌다. 무엇이 죽은 것이었을까, 무엇을 죽인 것이었을까.

곧 현조의 곁으로 엄마가 다가왔다. 엄마는 아무 말 없이 그녀
의 손을 꽉 잡았다. 소리를 지르면서 울고 싶었지만, 울지 않았
다. 현조는 같이 엄마의 손을 꽉 맞잡았다.


도훈은 파혼 대신 결혼을 미루자고 제안했다. 그는 현조에게
화내지 않았다. 그녀에게 필요한 것은 휴식인 것 같다고 도훈은
운을 뗐다. 결혼은 조금 미루고, 대신 신혼여행을 미리 다녀오는
것은 어떤지 물어왔다. 칸쿤으로 함께 쉬러 가자고. 현조는 잠시
나마 그 생각이 괜찮다고 생각했다. 그와 함께 그 여자에게서 멀

리 떠나 다시 예전처럼 지내는 것….

예전처럼.

"아니야. 혼자 가는 게 좋을 것 같아."

현조는 그렇게 말하고 자리에서 일어서 가방을 챙겨 들고 카페를 나섰다. 따라 나오는 도훈에게 돌아가라고 말한 뒤, 그녀는 집으로 향했다. 그에게서 한 발짝씩 멀어질 때마다 후회가 짙어졌다. 혼자 가겠다고 한 것이 후회되었고, 그를 혼자 두어 그 여자와 보낼 여지를 만들어 준 것이 후회되었다. 그러나 집에 돌아와서도 현조는 도훈에게 전화를 걸지 않았다. 칸쿤으로 떠나는 순간까지 도훈은 그녀에게 함께 가는 것이 어떻겠냐 물었지만, 현조는 번복하지 않았다. 혼자 가야만 한다는 것. 왜 그런 마음이 들었는지 현조는 칸쿤에 오는 순간까지, 미구엘과 세노테에 가기 전까지도 전혀 알 수 없었다.

## 12

선택하는 여자 2,

더 깊게 잠수하는 여자,

세노테 조

그날 세노테에서의 일정에 대해 미구엘이 설명하는 동안 밴은 어느덧 우거진 숲 한가운데까지 들어와 있었다. 열대우림에서 쉽게 볼 수 있는 야자수들이 높게 자라나 햇볕을 가렸고, 키 작은 관목들이 그 아래 촘촘하게 자라나며 두 개의 나무 층이 생겨 있었다. 연둣빛, 연한 노란빛, 짙은 청록빛과 청량한 초록빛까지 다양한 색채가 하늘을 뒤덮고 있었는데, 현조는 태어나서 이렇게 다양하고 찬란한 초록빛을 본 적이 없는 것 같았다.

차를 겨우 돌릴 수 있을 것 같은 작은 공터가 나오자 밴은 멈췄다. 현조는 캐리어를 열고 수영에 필요한 용품을 챙겼다. 호르헤는 다른 사람들을 데리러 나갔다 오겠다며 현조와 미구엘을 내려주었다. 현조는 근처의 간이 화장실에서 수영복을 입고 겉옷을 걸쳤다. 하얀색 밴이 온 길을 되짚어 나가 시야에서 사라지자 미구엘과 현조는 짐을 들고 숲속으로 걸어 들어갔다.

사람의 발길이 아직 많이 닿지 않은 곳이어서 풀이 조금 누워 있는 게 길로 보이는 것의 전부였다. 현조와 미구엘이 안으로 들어가자 지반이 솟아올라 옆과 층이 나뉜 것처럼 생긴 구간이 나타났다. 현조는 흡사 땅 아래로 내려온 것 같은 기분이 들었다. 두 사람 모두 더위와 습기에 조금씩 밭은 숨을 뱉기 시작했다. 하늘에서 내려오는 햇빛의 냄새와 공기층을 떠다니던 풀 냄새는 땅에서 조금씩 위로 올라오는 젖은 흙냄새와 섞여들었다. 무성한 야자수 잎과 나뭇가지들이 미처 가리지 못한 하늘의 틈 사이를 메워주는 햇빛이 듬성듬성 땅에 노란 흔적을 남기고 있었다. 햇빛의 흔적을 따라 걷자 현조는 돌맹이와 과자를 따라 걷는 헨젤과 그레텔이 된 기분이 들었다. 종아리에 달라붙는 날벌레와 나뭇잎 조각, 풀 조각을 떼어내며 한참 걸어 들어가던 미구엘이 멈춰 서서 주변을 두리번거렸다.

"어…, 아무래도 잘못 들어온 것 같아요. 여기서 잠시 기다려 볼래요? 금방 돌아올게요."

미구엘은 둘이 걸어온 길을 되짚어 나갔다. 그가 시야에서 사라지고 정글 안에 홀로 남게 되자 갑자기 풀벌레 소리와 새들이 지저귀는 소리가 또렷하게 들려왔다. 파삭거리는 소리에 놀란 현조는 주변을 돌아보았다. 이전까지 보이지 않던 팔뚝만 한 이구아나가 나뭇잎을 밟으며 걷고 있었다. 얼마간 풀벌레, 새, 이구아나, 도마뱀이 기어 다니는 걸 쪼그려 앉아 보던 현조는 자리에서 일어섰다. 미구엘이 오는 기척이 보이지 않자, 서 있던 자리 근처 솟아오른 바위 위에 짐을 얹어 두고 주변을 돌아다니기 시작했다. 그녀의 시선은 곧 근처에 높게 솟은 흙더미의 중간마다 튀어나온 나무뿌리에 머물렀다. 둥그렇게 고리처럼 튀어나온 곳을 본 현조는 그사이 공간에 자신의 머리가 들어갈 수 있다는 걸 확인하고는 괜히 머리를 넣어보았다. 꼭 목을 매단 사람의 모습 같았다. 현조는 머리를 나무뿌리에 걸고 두 손으로 그것을 잡은 뒤 두 다리를 접어 매달려 보았다. 문득 그녀는 자신이 여기서 죽어도 정말 아무도 모르겠구나 하는 생각이 들어 어깨까지 소름이 오소소 돋았다. 연락이 되지 않으면 실종 신고가 접수될 테고…. 그러나 미구엘이 시치미를 떼면, 혹시나 미구엘마저 죽은 나를 찾지 못한다면 나를 아는 사람들은 그 누구도 나를 찾지 못하겠지. 도훈은 나를 찾고 싶어 할까? 그는 슬퍼할까? 그것이 그의 마음에 생채기를 내겠지. 그는 영원히 나를 잊지 못하고 죄책감을 한구석에 안고 살아갈지도 몰라….

현조는 꽤나 비굴한 자신의 생각에 놀랐다. 하지만 그녀는 그것이 꽤 달콤한 상상이었다는 점을 인정했다. 현조는 도훈에게 자신을 평생 잊지 못하도록 새길 수 있다는 단맛에 잠깐 매몰되었고, 반쯤 넋이 나간 채로 나무뿌리에 매달려 주변에 시선을 던지고 있었다. 그러다 점점 팔이 아파지자 현조는 접었던 다리를 펼쳐 땅을 디뎠다. 그때 그녀의 한쪽 발이 갑자기 미끄러졌다. 다급히 나무뿌리를 잡지 않았더라면 정말 목이 졸릴 수도 있는 어처구니없는 상황이었다. 현조는 컥컥대며 쓸린 목을 나무뿌리에서 빼냈다. 땅이 흠뻑 젖어 있어 마치 물이 덜 빠진 개펄 같았다. 아까까지는 인지하지 못했던 사실에 그녀는 고개를 갸웃거렸다. 조용히 서서 주변을 둘러보니 물 흐르는 소리가 들렸다. 자신이 밟은 곳, 즉 나무뿌리가 튀어나온 흙더미의 단면에서 물이 흘러나와 어디론가 흘러가고 있었다. 물길, 물소리. 현조는 마치 우물을 파는 이그나시오처럼, 뱀을 쫓던 그처럼 홀린 듯 물길과 물소리를 따라갔다. 무릎 높이로 올라온 수풀이 무성하게 우거진 곳이 나타나 잠깐 걸음을 멈췄지만, 다시 용감하게 수풀을 젖히며 물이 흐르는 소리를 향해 나아갔다. 땅과 주변을 보며 조심스럽게 한 발씩 내딛다 보니 시야 저 멀리서부터 밝은 빛무리가 번져오고 있었다. 곧 눈앞에 땅이 푹 꺼진 지형이, 물웅덩이가, 하늘에서 쏟아지는 빛을 반사하느라 태양의 일부가 땅에 떨어진 것만 같은 거대한 세노테가 나타났다.

그 세노테는 현조가 전날 바야돌리드에서 본 싸씨 세노테와 분위기가 꽤 달랐다. 단순한 동그라미 모양의 싸씨 세노테와는 달리 무한대 기호처럼 두 개의 원이 마주 붙어 있었다. 침식된 땅의 면적은 몹시 넓었고, 맑고 깨끗한 지하수로 가득 차 있어 수영하기에는 더할 나위 없는 장소처럼 보였다. 물이 햇빛을 반사하는 바람에 눈이 부셨던 현조는 풍성한 잎을 자랑하는 나무들과 온갖 수풀이 우거진 쪽으로 조심스럽게 걸어갔다. 물이 얼마나 맑은지 숲의 색이 표면에 반사되어 세노테의 가장자리는 초록색으로 빛났고, 수면의 가운데로 갈수록 푸른색이 짙어져 깊이가

제법 되어 보였다. 현조는 그늘에서 한참이나 짙은 푸른빛의 세
노테를 바라보았다. 왼쪽 원의 세노테는 하늘을 향해 완전히 개
방되어 수면 아래의 이끼, 그리고 초록색과 노란색의 수초가 나
부끼는 모양이 깨끗하게 보였다. 반면 오른쪽 원은 동굴처럼 지
면 더 깊은 곳으로 물이 흐르는 것처럼 보였다. 초록색에서 바위
가 군데군데 보이는 푸른색으로, 짙은 푸른색에서 검은색으로
변하는 물에서 현조는 시선을 떼지 못했다. 그리고 이내 몸을 부
르르 떨었다.

"조, 조! 한참 찾았잖아요. 세상에…. 이게 뭐야?"

"네가 말한 세노테가 여기 아니야?"

"아니에요. 이렇게 생기지 않고 더 조그만…. 맙소사. 새 세노
테를 찾은 것 같은데요?"

현조가 바위에 두고 온 가방까지 들고 온 미구엘은 양손 가득
짐을 든 채 한참이나 세노테를 바라보았다. 그 역시 하늘로 개방
된 왼쪽 세노테의 반짝이는 표면과 깊어지는 푸른색, 그리고 오
른편으로 검어지는 물을 오랫동안 말없이 바라보았다. 그는 웃
으며 고개를 절레절레 저었다.

"대단해. 정말 근사한 세노테예요. 이런 곳을 발견하다니. 조,
정말 운이 좋네요. 저기, 저 가운데 깊어지는 검은 빛, 그리고 다
이아몬드처럼 빛나는 표면과 신비스러운 푸른색…. 쿠쿨칸의 눈
같지 않아요?"

아무도 발견하지 못한 아름다운 세노테를 찾은 것일 수도 있

다는 생각 때문인지 미구엘의 목소리가 떨렸다. 그는 현조가 스페인어를 할 줄 모른다는 것을 잊었는지 이제는 스페인어로 혼자 뭐라 중얼대고 있었다. 뱀 신의 눈에 이 세노테를 비유하다니. 과연 마야인의 자손인가, 하고 생각하며 현조는 미소 지었다.

물의 깊이를 대충 가늠해보던 그는 물속을 한 바퀴 둘러봐도 괜찮을 것 같다고 말했다. 미구엘은 현조에게 위험할 수도 있으니 자신이 먼저 수영해 본 뒤에 입수하라고 말했다. 마음이 급했는지 이미 셔츠를 다 벗어 던진 채였다. 땀으로 흠뻑 젖은 등이 뜨거운 햇살에 빛났다. 작지만 딱 벌어진 어깨와 근육이 탄탄하게 굴곡진 새카만 등과 팔. 마치 고대 마야 전사 같은 몸을 한 미구엘은 다이빙 수트를 입고 헬멧에 자동차 핸들 같은 것이 달린 커다란 수중카메라를 쥐었다. 미구엘은 다이버들이 모두 오려면 못해도 한두 시간의 여유가 있을 거라고 했다. 옷 안에 미리 수영복을 입은 현조는 천천히 슬리브리스와 쇼츠를 벗어 평평한 바위 위, 미구엘의 짐 옆에 개어 두었다. 미구엘은 오리발을 신고 스노클링용 마스크를 낀 뒤 입에 튜브를 물고는 조심스럽게 왼쪽 샘으로 입수했다. 그는 만화에 나오는 잠수함처럼 튜브만 수면 위에 내놓은 채, 수심이 낮아 보이는 왼쪽 샘을 천천히 돌았다. 그러고는 바위 위에 앉아 그를 응시하는 현조에게 물 위로 엄지손가락을 척 들어 보였다. 미구엘은 이제 오른쪽 샘을 돌아보고 있었다. 순간 미구엘의 튜브가 수면에서 사라졌다. 튜브뿐만 아니라 노란색과 파란색이 섞인 미구엘의 다이빙 슈트가 물속 바위 아래로 자취를 감추자, 당황한 현조는 엉거주춤 바위에서 일어섰다. 전문가지만 사고가 날 수도 있다는 생각이 들었다. 아직 정식으로 등록되지도 않은 미발견 세노테에서의 수영이 너무 위험했던 건 아니었는지 불안해졌다. 현조는 떨리는 목소리로 미구엘의 이름을 크게 여러 번 외쳤지만, 세노테는 너무 잠잠하기만 했다. 곧 현조의 손이 떨리기 시작했다. 그녀는 바위 위에 개어둔 옷을 헤집으며 휴대폰을 찾기 시작했다. 그러나 손이 떨려 물건들이 손가락 사이로 자꾸만 미끄러졌다. 그때 뒤에서 첨벙이는 소리가 들려왔다. 현조는 뒤를 돌아보았다. 미구엘이 거칠게 숨을 몰아쉬며 바위 쪽으로 헤엄쳐 오고 있었다. 현조는 깊게 한숨을 뱉으며 자리에 주저앉았다.

"걱정했잖아!"

"왜요?"

"안 보이니까. 모습이 아예 사라졌는데. 사고 난 줄 알았다고."

"아. 위에서는 아예 안 보였나 보네요. 걱정하게 해서 미안해요. 저기 안이 캐번 다이빙하기에 너무 좋은 곳이라 살짝 보고 왔어요. 안이 훨씬 더 근사해서요. 더 안쪽엔 왠지 케이브 다이빙도 가능할 것 같고요."

"캐번? 케이브 다이빙?"

바위 위에 걸터앉은 미구엘이 스노클링 마스크에 약을 뿌리고 닦는 걸 보며 현조가 물었다. 마스크에 습기가 차지 않게 약을 발라 닦은 미구엘은 현조의 마스크를 가져가 닦으며 다이빙에 관해 설명했다. 캐번 다이빙은 빛이 들어오는 지역 내에서 이루어지는 다이빙으로, 다이빙 카드를 소지한 사람이라면 누구든 경험할 수 있는 것이었다. 미구엘은 부유물이 좀 있는 것과 어둡고 좁은 지역을 통과해야 하는 점도 감수해야 한다고 했다. 그는 계속해서 케이브 다이빙이란 전문 다이버들만 할 수 있는 것으로, 빛이 하나도 없는 수중 동굴로 들어가는 것이라고 덧붙였다.

"왼쪽 세노테는 스노클링 초보자들이 구경하고 놀 만한 깊이인 것 같고요. 오른쪽 세노테는 깊이가 있어서 수영하고 잠수하기 되게 좋아요. 근데 오른쪽 세노테 아래쪽에 뚫린 구멍, 그러니까 바위 아래쪽으론 가지 말아요. 풍경이 정말 근사하지만⋯. 다이빙 장비를 갖추고 가야 할 것 같아서요."

현조는 그가 건네는 스노클링 마스크를 받아 머리에 끼우고, 오리발을 신으며 고개를 끄덕여 보였다.


미구엘은 수중 카메라를 들고 다시 입수했다. 그는 물 위에 뜬 채 현조가 물에 천천히 몸을 담그는 것을 지켜보았다. 그녀가 어려워하지 않고 스노클링 마스크에 적응하는 것과 그것을 낀 채 바닥까지 잠수하는 것을 본 뒤, 그는 다시 한번 그녀에게 엄지손가락을 척 들어 보였다.

"기억해요. 내가 두 손가락으로 내 눈을 가리키면 날 보라는 거고, 엄지를 위로 이렇게 올리면 잘했다는 게 아니라 물 위로 올라오란 거예요. 알겠죠?"

미구엘은 엄지와 검지를 구부린 OK 신호와 위험하다는 신호까지 총 네 개를 현조에게 알려준 뒤, 다시 스노클링 마스크를 꼈다. 두 사람은 함께 입수했다.

물이라는 매개체 덕분에 세노테 안에서 태양의 존재감은 더 돋보였다. 물결의 움직임에 따라 햇빛에는 굴곡이 생겼고, 그것은 세노테 안의 바위와 헤엄치는 물고기와 인간, 이끼 위를 부드럽게 쓰다듬었다. 미구엘은 현조에게 손짓해 왼쪽 세노테에서 좀 더 깊은 곳, 헤엄치기 편하고 빛이 덜 들어오는 곳으로 현조를 이끌었다. 어두운 곳으로 갈수록 햇빛의 흐름이 또렷하게 보였다. 현조는 앞에서 헤엄치는 미구엘을 바라보았다. 두꺼운 다이빙 슈트를 입고서도 그는 가벼워 보였다. 돌과 바위가 많고 물이 얕아 헤엄치기 어려운 수역에서도 그는 큰 카메라를 들고 자유롭게 몸을 비틀고 방향을 바꾸며 사진을 찍었다. 그는 물결의 흐름을 읽으며 물과 함께 움직였다. 평소 모든 움직임이 조심스럽고 신중해 보였던 미구엘은 물속에서는 완전히 다른 사람 같았다. 섬세하지만 대범하고 유려한 몸짓들. 현조는 그에게서 시선을 떼지 못했다. 현조의 시선을 느낀 그는 그녀에게 손을 내밀었다. 현조는 망설이지 않고 미구엘의 손을 잡았다. 그는 현조를 바라본 채로 손을 잡고 서서히 움직였다. 미구엘의 짙은 갈색 곱슬머리가 물결을 따라 부드럽게 움직였다. 현조는 문득 손을 뻗어 머리카락을 흩트려보고 싶은 충동에 휩싸였다. 빳빳하고 검었던 도훈의 머리카락과는 확연히 다른 미구엘의 머리카락….

코끝이 매워졌지만, 울고 싶지는 않았다. 미구엘에게서 도훈의 모습을 보며 알 수 없는 감정에 매몰되곤 했는데, 둘의 다른 점을 보니 새삼스럽게 기분이 묘했다. 당연히 다른 두 사람인데 모든 것이 같을 리가 없지 않은가.

미구엘.

현조는 속으로 중얼거려보았다. 갑자기 헤엄을 치다 말고 멈춰 선 그녀를 보고 미구엘이 무슨 문제 있냐는 듯 다가와 현조는 괜찮다는 수신호를 보냈다. 그녀는 잠시 혼자 있고 싶어져 오른쪽 세노테로 가보겠다는 표시를 했다. 미구엘이 그녀와 함께 가려고 방향을 틀자 현조는 그를 멈추게 했다. 그러고는 두 팔로 X 표시를 그려 보였다. 혼자 가겠다는 말을 금방 알아들은 미구엘은 잠깐 고민하더니 OK 사인을 그려 보였다. 그는 그녀의 사진을 한 장 찍어 준 뒤, 왼쪽 세노테로 몸을 돌려 구석구석 돌아다니며 사진을 찍기 시작했다.

미구엘의 관심이 수중 사진으로 몰리자 현조는 발을 굴러 오른쪽 세노테로 넘어갔다. 미구엘에게서 멀어지자 마음이 이상하게 차분해지기 시작했다. 조금 겁은 났지만, 현조는 오른쪽 세노테를 천천히 돌기 시작했다. 그곳은 왼쪽 세노테와 풍경이 완전히 달랐다. 흙과 바위로 된 지형이 세노테 위쪽을 덮고 있어서 햇빛이 들지 않았고, 물속에는 바위와 부러져 가라앉은 나뭇가지들뿐, 수초나 이끼는 거의 보이지 않았다. 깊고 넓은 세노테에서 현조는 긴 팔다리를 뻗어가며 헤엄을 쳤다. 그리고 몸에 힘을 뺀 채 물속을 떠다니며 세노테 안을 구경했다. 물이 그녀의 몸을 견뎌주는 기분. 오랜만에 느끼는 자유로운 기분이었다. 천천히 세노테를 돌아보던 현조는 동굴의 입구 같은 것을 발견했다. 곧 숨을 참고 튜브까지 모두 물속에 잠길 만큼 그녀는 잠수했다. 조금 물 아래로 내려가자 그 장소가 미구엘이 가지 말라고 했던 캐번 다이빙 지역의 시작점임을 현조는 곧 알아차렸다. 안쪽에 뭔가 형체가 또렷하지 않은 것들, 흐릿하기에 더 호기심을 불러일으키는 어떤 것이 보였다.

"아래 뚫린 구멍 쪽으론 가지 말아요. 근사하긴 한데, 다이빙 장비를 갖추고 가야 할 것 같아요."

미구엘의 말이 귓가에 들리는 듯한 착각이 들어 현조는 몸을 틀어 수면 위로 올라가 튜브의 물을 뱉은 다음 숨을 내쉬었다. 미구엘은 여전히 왼쪽 세노테의 근사한 풍경을 담느라 정신이 없는 듯했다. 현조는 천천히 바위로 헤엄쳐 갔다. 그녀는 미구엘의 짐을 뒤져 머리에 다는 수중 램프를 금세 찾아내 자신의 머리 위에 고정했다. 미구엘을 흘끗 본 현조는 다시 오른쪽 세노테로 헤엄쳐 갔다. 그녀는 숨을 깊게 들이마셨다. 수영도 자신이 있었지만, 현조가 자신 있어 하는 특기는 바로 잠수였으니까. 모두가 자신이 죽은 줄 착각하게 할 만큼 오랫동안 물속에서 버텼던 것을 떠올렸다. 내 숨은 깊고 깊어서 더 깊은 곳까지 들어갈 수 있다. 현조의 입가에 미소가 떠올랐다. 현조는 수중 램프를 켰다. 물의 아래로, 더 깊은 곳으로 발을 차며 내려갔다. 몸이 아래로 내려갈

수록, 점점 무거운 빛을 띠는 깊은 곳으로 내려갈수록 공포가 그녀의 몸을 향해 손을 뻗는 기분이 들었다. 그러나 현조는 멈추지 않았다. 저 아래 동굴 안의 풍경을 꼭 보고 싶다는 생각, 저기까지 가봄직하다는 생각, 그리고 이 세노테는 그녀가 발견했으니 저 안을 볼 권리와 자격이 모두 그녀에게 있다는 생각이 현조를 사로잡은 상태였다.

입구 안으로 들어서자 빛은 점점 더 희미해졌다. 그곳은 정말로 동굴 같은 곳이었다. 정 중앙의 뻥 뚫린 공간은 멀리서 들어오는 빛이 유일하게 닿는 곳이었고, 그 안쪽으로 더 시커먼 길이 나 있었다. 그쪽이 아마 케이브 다이빙을 할 수 있는 곳일 터였다. 현조는 곧 희미한 햇빛과 자신의 이마에서 나오는 램프 빛에 적응했고, 세노테의 깊음이 제공하는 어두움에도 익숙해졌다. 그러자 그곳의 풍경이 보이기 시작했다.


밝은 폐허였다.

현조는 더 이상 헤엄쳐 들어가지 않았다. 눈앞의 풍경을 보며 멈춰 선 채로 현조는 다시 한번 그 단어를 머릿속에 떠올렸다.

밝은 폐허.

한때 번성하고 아름다웠을 어떤 세계, 성, 혹은 도시나 건축물이 부식된 뼈대만 남아 가라앉고, 썩고 삭아 가루가 되어 침전하거나 희미한 부유물로 떠도는 곳. 굵은 둥치와 깊고 깊은 뿌리, 풍성한 잎들을 자랑했을 나무들은 오래전에 떨어져 물속에 쓸리고 가라앉아 있었고, 속이 텅 빈 나뭇가지들만이 여기저기 자리를 잡은 채 위로 허망한 손을 뻗고 있었다. 제멋대로, 그러나 나름의 규칙대로 돋아난 종유석과 바위들이 있었다. 모두 죽었고 모두 썩은 것들.

현조는 슬슬 숨이 막혀왔다. 오금이 저리기 시작했고 손발이 조금씩 무뎌졌으며 물의 온도가 체온보다 더 떨어지는 것 같았다. 아껴둔 숨이 조금씩 현조에게서 사라지고 있었다. 머리는 이 죽은 것들을 등지고 어서 수면 위로 올라가라고 말하고 있었지만, 현조는 그렇게 할 수가 없었다. 자신이 우연히 세노테를 발견한 것이 놀라웠기 때문에. 게다가 이 세노테 안에 이런 것들이 있었을 줄 상상도 못 했기 때문에. 이것들이 폐허라고 말했지만, 사실 이 장소에서 눈을 뗄 수가 없었기 때문에.

그때 종유석과 바위 사이의 무엇인가가 현조의 눈에 들어왔다. 치첸이사의 엘 카스티요에서 보았던 것. 제단이었다.

제단 위에는 머리가 있었다.

목에서 피를 흘리는 잘린 머리.

사라져가는 산소 때문에 보이는 헛것이라고 생각하면서도 현조는 그것에서 눈을 떼지 못했다. 목의 주인에게는 신이라는 희생할 만한 가치가 있었을 거라고, 현조는 자신이 했던 말을 떠올렸다. 현조의 뒤에서 뻗어오던 희미한 햇빛은 물결을 따라 구불거리며 잘린 머리를 향해, 구원을 위해 다가가고 있었다. 햇빛은 머리에 가까워질수록 형태가 또렷해졌다.

이그나시오의 신.

현조는 뱀 신에게, 쿠쿨칸에게 손을 뻗었다.

그녀가 손을 뻗자 햇빛은 막혀버렸다. 제단으로 향하던 뱀 신은 자취를 감추었다.

잘린 머리가 현조를 보고 있었다.

가느다란 눈썹, 날카로운 턱선, 얇은 입술과 길고 구불거리는 머리카락, 새하얀 얼굴 피부, 짙은 밤색의 눈, 단호한 눈빛과 얼굴을 꽉 채우고 있는 아름다운 당당함.

신현조의 눈이 묻고 있었다.

이그나시오가 원한 것은 무엇이었나? 그에게는 무엇이 남아 있는가?

현조는 자신이 무엇을 위해 지금껏 수백 번이고 목을 내어주었고 온몸을 칼로 도려냈는지 떠올려 보았다. 제단 위에 놓여 있는 신현조의 목, 그 눈 속에 비친 자기 자신을 보았다. 그녀에게 남아 있는 것은 아무것도 없었다. 자신이 누구인지, 무엇인지, 무엇을 원하는지조차 알아볼 수 없었다. 썩어 문드러진 나무 껍데기와 스러져가는 폐허뿐. 현조의 신이 바랐던 제물은 지금의 그녀처럼 텅 빈 껍데기가 아니었으리라. 현조는 천천히 눈을 깜빡이며 자신의 머리를 정확히 바라보려 몸을 움직였다. 잠깐 그녀의 시야가 비틀렸다.

아름다웠다.

현조의 뇌리에 그 순간 스친 단어. 그 단어가 그곳에 이름 붙여진 순간, 그 장소는 더 이상 폐허가 아니었다. 나뭇가지는 죽은 것이 아니라 동굴의 밑바닥에서 새로 자라나는 것 같았고, 종유석과 바위들은 번성을 꿈꾸는 도시와 건축물의 머릿돌이 되었다. 폐허, 그리고 탄생.

현조는 어느 순간부터 그녀의 희생에 아무것도 보답해 주지도 않고 자신의 것을 단 하나도 내어주거나 물러서지 않는, 끊임없는 희생을 요구하는 그녀의 옛 신을, 정확히는 신이라고 착각했던 것을 죽이기로 했다. 현조는 왼팔에서 가죽 손목시계를 끌러 세노테 바닥 깊은 곳으로 던져버린 뒤, 제단에 놓인 자신의 머리를 향해 천천히 손을 뻗었다. 그리고 천천히 그것과 자신의 이마를 맞댔다.

물속에서 현조에게 허락된 숨은 이제 정말 얼마 남지 않았다. 동굴의 아름다움과 탄생의 순간을 발견했다는 벅찬 마음을 품고 현조는 마침내 몸을 돌렸다. 죽고 썩는 것, 그다음엔 무언가 새로운 것이 태어나리라고 그녀는 믿을 수 있었다. 다가올 끝은 두렵지 않았다. 더 밝은 빛이 비쳐 오는 쪽으로, 그녀는 발을 굴렀다. 수면을 향해 빠르게 상승해 올라갔다.


거친 숨을 내쉬며 수면 위로 떠오르자마자 바위 위에서 전화통화를 하고 있던 미구엘이 소리를 질렀다. 그는 스노클링 마스크도 끼지 않고 곧장 물속으로 뛰어들어 현조에게 다가왔다. 현조는 입에서 스노클링 튜브를 빼고 헐떡이며 괜찮다고, 걱정 말라고 미구엘에게 말했다. 햇살을 받아 빛나는 미구엘의 당혹스러운 얼굴. 현조는 곧 다른 얼굴을 떠올렸다. 동해에서 자신을 바라보며 눈물을 흘리던 도훈의 얼굴. 두 사람의 얼굴은 너무나 달랐다. 왜 지금껏 미구엘에게서 도훈을 읽어낸 걸까? 왜 닮았다고 생각한 것일까? 이렇게나 다른 두 사람을. 마야인의 후예, 미구엘이 현조의 등을 두드렸다. 두 사람은 함께 세노테를 가로질러 헤엄쳤다.

"정말 괜찮아요?"

계속 거칠게 숨을 몰아쉬는 현조의 등을 두드리며 미구엘이 물었다. 그는 현조의 엉덩이 아래에 자신의 어깨를 대어 그녀를 바위 위로 밀어 올렸다. 바위 위에서 현조는 토할 것처럼 몸 안의 모든 숨을 끌어내고 공기를 들이마셨다. 미구엘이 비치 타월과 물을 가져와 그녀에게 건넸다. 다시 한번 미구엘이 괜찮느냐고 묻자, 현조는 고개를 끄덕여 보였다.

"잠수를 이렇게나 오래 할 수 있다니. 정말 깜짝 놀랐어요. 사고라도 난 줄 알고…."

"어렸을 때도 다들 내가 죽은 거라고 착각 많이들 했어. 난 더 버틸 수 있었는데, 가족들이 날 꺼냈지. 숨의 끝까지 확인하고 스스로 올라온 건 이번이 처음이야."

"놀랍네요. 프리 다이빙을 해도 될 실력인데요? 난 조가 설마 그 남자 때문에 죽으려고 하는 것은 아닌가 하는 생각까지 했다니까요."

현조는 스노클링 마스크를 벗어 던지고 물을 벌컥벌컥 들이켰다. 그리고는 크게 고개를 저었다. 숨을 깊이 들이마시고 환하게 웃으며 현조는 말했다.

"미구엘. 내 약혼자는 안 죽었어."

"그래요. 그럴 것 같았어요."

미구엘이 덤덤히 고개를 끄덕였다.

"왜 그렇게 생각했어?"

"매번 약혼자가 죽은 이유가 달라졌잖아요. 스칼렛에서 일하는 친구들에게 다 들었어요. 교통사고였다가, 싸움에 휘말리기도 하고…. 조가 거짓말하는 것이 아닐까 생각했죠."

미구엘은 현조의 어깨를 토닥이기만 할 뿐, 왜 헤어졌는지 혼자 신혼여행을 온 이유는 무엇인지 묻지 않았다. 현조는 그런 그를 가만히 바라보았다. 가슴 한가운데가 아릿하게 아파왔다. 현조는 자신의 마음은 도훈과 너무 다르다는 것을 그 순간 확실히 깨달았다. 타인에게 온전하게 내어줄 수 있는 마음은 오직 하나뿐이라는 것을. 도훈에게만 내어주었던 마음의 작은 일부가 미구엘과 하비에르를 보며 조금씩 갈라져 나왔기 때문에 아팠던 거란 것을. 현조는 시계가 사라진 왼쪽 손목을 바라보았다. 손목 위에는 아무것도 없었지만, 더 또렷한 어떤 존재를 그녀는 느낄 수 있었다. 스스로 나가고 싶을 때까지, 길고 긴 숨이 다할 때까지 물속 깊은 곳에 있을 수 있는 사람, 안정감이 주는 한계를 벗어나 자신의 모든 가능성을 시험할 수 있는 한 사람을. 제도와 관습에서 비롯된다고 여겼던 평온함은 현조에게 더는 필요치 않을 것이다. 현조를 깊이 이해하고 자신의 일부를 기꺼이 내어놓는 사람이야말로 관계의 시작을 얻을 수 있을 것이다. 하지만 이제 더 이상 기댈 곳은 필요하지 않았다. 현조 스스로가 얼마나 높고 단단한 느티나무가 될 수 있을지를 알기에.

현조는 코로 숨을 들이마셨다. 물이끼와 젖은 흙, 나뭇가지와 잎들의 냄새 사이에서 희미하게 코끝을 맴도는 향기가 있었다. 알싸한 허브향, 타임과 검붉은 과실의 맛이 우아하게 감도는 레빈느 우블리에의 향. 서울에 돌아가면 그 와인을 한 병 살 것이다. 와인과 완벽한 마리아주를 이룰 양고기를 곁들여 근사한 저녁 식사를 할 것이다. 현조의 입가에 미소가 번져나갔다.


"세노테의 이름은 어떻게 붙여?"

"글쎄요. 보통은 그 세노테의 생김새나, 전설이나, 특징을 따라 붙여 주죠."

미구엘이 현조에게 초콜릿 바를 건네면서 대꾸했다. 저 멀리 사람들의 목소리가 들려왔다. 미구엘이 새 세노테의 위치를 동료들에게 알려준 것 같았다. 두 사람은 계속 자리에 앉아서 대화를 주고받았다.

"발견한 사람의 이름을 붙이기도 해?"

"그럴지도요. 왜요? 이 세노테에 조의 이름을 붙이고 싶어요?"

"당연하지. 내가 발견했잖아."

미구엘이 웃었다.

"Cenote Jo."

현조가 중얼거리자 미구엘도 현조를 따라 말했다.

"Cenote Jo. 괜찮은데요?"

현조는 고개를 끄덕였다.

그녀는 다시 한번 세노테에 뛰어들고 싶었다.

이 소설에서 가장 즐겁게 썼던 부분 중 하나는 이그나시오의 전설이었다. 땅에 귀를 대면 소리가 들려오고, 그래서 땅을 판다는 그의 이야기가 결국 내가 소설을 쓰는 이유와도 같았기 때문이다.

《세노테 다이빙》의 초고는 단편이었다. 2018년에 신혼여행을 칸쿤으로 다녀오면서 이 아름다운 곳에 혼자 신혼여행을 온 여자의 이야기가 문득 떠올랐고, 그것이 소설의 시작이 되었다. 하지만 제 깊이로 파지 않은 곳에서는 물이 나오지 않는 것처럼, 단편으로는 이야기가 부족했다. 중편으로 양을 늘려도 마찬가지였기 때문에 나는 내가 할 수 있는 일을 계속했다. 소리가 들리는 방향으로 더 깊게 판 것이다. 그제야 지하수가 터져 나오듯《세노테 다이빙》의 이야기가 완성되어 갔다.

알맞은 깊이가 될 때까지 파는 일은 끈기를 필요로 했다. 나는 어렸을 때부터 주의산만하고 끈기가 없었다. 하다가 중도에 포기하거나 길을 바꾼 것들이 많았다. 하지만 소설만은 달랐다. 아래에서 들려오는 소리에 곡괭이질을 멈출 수가 없었다. 소설은 세상의 이면을 파고들지만, 정작 내게 있어 소설은 현실에서 떨어져 있을 수 있는 도피처였기 때문이었다.

한 소설 수업시간에 과제를 물어보려 선생님께 메일을 쓴 적이 있다. 선생님은 간단히 답변을 해주시고는 말미에 한 문장을 덧붙이셨다. '소설을 쓸 수 있다는 것에 감사할 것'. 그때는 이 감사함이라는 감정을 대수롭지 않게 여겼지만, 지금은 다르다. 내가 소설을 쓸 수 있음에 감사한다. 내 소설이 알맞은 깊이가 될 때까지 계속 곡괭이질을 할 수 있음에 감사한다. 그리고 이제는 내 소설이 누군가에게 도피처가 될 수 있기를 바란다.

계속 소설을 쓸 수 있게 기회를 주신 심사위원 두 분께 깊은 감사를 드린다. 함께 오래도록 쓰자고 약속한 친구들 민진, 혜진, 지연 언니와 《세노테 다이빙》을 나만큼이나 사랑해주고 계속 쓰기를 격려해준 상휘, 와인 공부를 도와주시고 응원해주신 박연정 대표님, 그리고 내게 문학이라는 세상을 알려주신 엄마에게 감사드린다. 마지막으로 나의 정신 건강을 담당해주는 세 고양이 느티, 나기, 니노와 항상 나를 믿어주고 지지해주는 기남에게 특별한 감사를 보낸다.

2023년 3월
노은지

2023 한경신춘문예 당선작
# 세노테 다이빙

제1판 1쇄 인쇄 | 2023년 3월  7일
제1판 1쇄 발행 | 2023년 3월 14일

지은이 | 노은지
펴낸이 | 오형규
펴낸곳 | 한국경제신문 한경BP
책임편집 | 노민정
교정교열 | 송은주
저작권 | 백상아
홍보 | 이여진 · 박도현 · 정은주
마케팅 | 김규형 · 정우연
디자인 | 지소영

주소 | 서울특별시 중구 청파로 463
기획출판팀 | 02-3604-590, 584
영업마케팅팀 | 02-3604-595, 562   FAX | 02-3604-599
H | http://bp.hankyung.com   E | bp@hankyung.com
F | www.facebook.com/hankyungbp
등록 | 제 2-315(1967. 5. 15)

ISBN 978-89-475-4883-0   03810